名家散文

典藏　第二辑

胡适散文

新生活

浙江出版联合集团
浙江文艺出版社

目 录

随感社评

归国杂感 / 003

信心与反省 / 011

不朽 / 018

贞操问题 / 027

多研究些问题,少谈些"主义"! / 037

新生活 / 042

名教 / 045

写在孔子诞辰纪念之后 / 056

论文说诗

为什么读书 /065
科学的人生观 /072
什么是文学 /077
《蕙的风》序 /081
大众语在那儿 /090
文学改良刍议 /094

大师小品

一个问题 /109
差不多先生传 /116
孙行者与张君劢 /119
《西游记》的第八十一难 /123
漫游的感想 /134

自述回想

十七年的回顾 /151
九年的家乡教育 /157
我的信仰 /173

逼上梁山 /198

人物剪影

中国爱国女杰王昭君传 /233
宣统与胡适 /238
追悼志摩 /240
记辜鸿铭 /250
追忆曾孟朴先生 /256
海滨半日谈 /259

随感社评

我们希望中国人都能过这种有意思的新生活。其实这种新生活并不十分难，只消时时刻刻问自己为什么这样做，为什么不那样做，就可以渐渐的过到我们所说的新生活了。

归国杂感

我在美国动身的时候,有许多朋友对我道:"密司忒胡,你和中国别了七个足年了,这七年之中,中国已经革了三次的命,朝代也换了几个了①。真个是一日千里的进步。你回去时,恐怕要不认得那七年前的老大帝国了。"我笑着对他们说道:"列位不用替我担忧。我们中国正恐怕进步太快,我们留学生回去要不认得她了,所以她走上几步,又退回几步。她在那里回头等我们回去认旧相识呢。"

这话并不是戏言,乃是真话。我每每劝人回国时莫存大希望;希望越大,失望越大。所以我自己回国时,并不曾怀什么大希望。果然船到了横滨,便听得张勋复辟的消息。如今在中国已住了四个月了,所见所闻,果然不出我所料。七年没见面的中国还是七年前的老相识!

---

① 胡适 1910 年考取官费赴美留学生,1917 年毕业回国,前后七年。

到上海的时候,有一天,一位朋友拉我到大舞台去看戏。我走进去坐了两点钟,出来的时候,对我的朋友说道:"这个大舞台真正是中国的一个绝妙的缩本模型。你看这大舞台三个字岂不很新?外面的房屋岂不是洋房?这里面的座位和戏台上的布景装潢又岂不是西洋新式?但是做戏的人都不过是赵如泉、沈韵秋、万盏灯、何家声、何金寿这些人。没有一个不是二十年前的旧古董!我十三岁到上海的时候,他们已成了老角色了。如今又隔了十三年了,却还是他们在台上撑场面。这十三年造出来的新角色都到哪里去了呢?你再看那台上做的《举鼎观画》。那祖先堂上的布景,岂不很完备?只是那小薛蛟拿了那老头儿的书信,就此跨马加鞭,却忘记了台上布的景是一座祖先堂!又看那出《四进士》。台上布景,明明有了门了,那宋士杰却还要做手势去关那没有的门!上公堂时,还要跨那没有的门槛!你看这二十年前的旧古董在二十世纪的大舞台上做戏;装上了二十世纪的新布景,却偏要做那二十年前的旧手脚!这不是一副绝妙的中国现势图吗?"

我在上海住了十二天,在内地住了一个月,在北京住了两个月,在路上走了二十天,看了两件大进步的事:第一件是"三炮台"的纸烟,居然行到我们徽州去了;第二件是"扑克"牌居然比麻雀牌还要时髦了。"三炮台"纸烟还不算稀奇,只有那"扑克"牌何以会这样风行呢?有许多老先生向来学 A、B、C、D,是很不行的,如今打起"扑克"来,也会说"恩德","累死","接客倭彭"了!这些怪不好记的名词,何以会这样容易上口呢?他们学这些名词这样容易,何以学正经的 A、B、C、D,又那样蠢呢?我想这里面很有可以研究的道理。新思想行不到徽州,恐怕是因为新思想没有"三炮台"那样中吃吧?A、B、C、D,不容易教,恐怕是因为教的人不得其法吧?

我第一次走过四马路①,就看见了三部教"扑克"的书。我心想"扑克"的书已有这许多了,那别种有用的书,自然更不少了,所以我就花了一天的工夫,专去调查上海的出版界。我是学哲学的,自然先寻哲学的书。不料这几年来,中国竟可以算得没有出过一部哲学书。找来找去,找到一部《中国哲学史》,内中王阳明②占了四大页,《洪范》③倒占了八页!还说了些"孔子既受天之命","与天地合德"的话。又看见一部《韩非子精华》,删去了《五蠹》和《显学》两篇,竟成了一部《韩非子糟粕》了。文学书内,只有一部王国维的《宋元戏曲史》是很好的。又看见一家书目上有翻译的莎士比亚剧本,找来一看,原来把会话体的戏剧,都改作了《聊斋志异》体的叙事古文!又看见一部《妇女文学史》,内中苏蕙的回文诗足足占了六十页!又看见《饮冰室丛著》内有《墨学微》一书,我是喜欢看看墨家的书的人,自然心中很高兴。不料抽出来一看,原来是任公④先生十四年前的旧作,不曾改了一个字!此外只有一部《中国外交史》,可算是一部好书,如今居然到了三版了。这件事还可以使人乐观。此外那些新出版的小说,看来看去,实在找不出一部可看的小说。有人对我说,如今最风行的是一部《新华春梦记》,这也可以想见中国小说界的程度了。

总而言之,上海的出版界——中国的出版界——这七年来简直没有两三部以上可看的书!不但高等学问的书一部都没有,就是要找

---

① 上海旧时路名,现在的福州路。
② 王阳明(1472—1529):名守仁,明代哲学家。
③ 《洪范》:《尚书》中《周书》的一篇。
④ 梁启超(1873—1929):字卓如,号任公,中国近代哲学家、思想家,著有《饮冰室丛著》。

一部轮船上火车上消遣的书,也找不出!(后来我寻来寻去,只寻得一部吴稚晖①先生的《上下古今谈》,带到芜湖路上去看。)我看了这个怪现状,真可以放声大哭。如今的中国人,肚子饿了,还有些施粥的厂把粥给他们吃。只是那些脑子叫饿的人可真没东西吃了。难道可以把《九尾龟》、"十尾龟"来充饥吗?

中文书籍既是如此,我又去调查现在市上最通行的英文书籍。看来看去,都是些什么莎士比亚的《威匿思商》,《麦克白传》②,阿狄生③的《文报选录》,戈司密④的《威克斐牧师》,欧文⑤的《见闻杂记》,……大概都是些十七世纪十八世纪的书。内中有几部十九世纪的书,也不过是欧文、迭更司⑥、司各脱⑦、麦考来⑧几个人的书,都是和现在欧美的新思潮毫无关系的。怪不得我后来问起一位有名的英文教习,竟连 Bernard Shaw⑨ 的名字也不曾听见过,不要说 Tchekov 和 Andreyev 了。我想这都是现在一班教会学堂出身的英文教习的罪过。这些英文教习,只会用他们先生教过的课本。他们的先生又只会用他们先生的先生教过的课本。所以现在中国学堂所用的英文书籍,大概都是教会先生的太老师或太太老师们教过的课本!怪不得和现在的

---

① 吴稚晖(1865—1953):中国近代思想家。
② 即《威尼斯商人》和《麦克白》。
③ 阿狄生(J. Addison,1672—1719):美国散文家、诗人、政治家。
④ 即哥尔德斯密斯(O. Goldsmith,1730—1774):美国作家。
⑤ 欧文(W. Jrving,1783—1859):美国作家。著有随笔和故事集《欧文见闻录》。
⑥ 即狄更斯。
⑦ 即司各特(W. Scott,1771—1832):美国小说家、诗人。
⑧ 麦考莱(T. B. Macaulay,1800—1859):美国历史学家、散文家、诗人。
⑨ 即萧伯纳。

思想潮流绝无关系了。

　　有人说,思想是一件事,文字又是一件事,学英文的人何必要读与现代新思潮有关系的书呢?这话似乎有理,其实不然。我们中国学英文,和英国美国的小孩子学英文,是两样的。我们学西洋文字,不单是要认得几个洋字,会说几句洋话,我们的目的在于输入西洋的学术思想,所以我以为中国学校教授西洋文字,应该用一种"一箭射双雕"的方法,把"思想"和"文字"同时并教。例如教散文,与其用欧文的《见闻杂记》,或阿狄生的《文报选录》,不如用赫胥黎的《进化杂论》。又如教戏曲,与其教莎士比亚的《威匿思商》,不如用Bernard Shaw 的 *Androcles and the Lion*①,或是Galsworthy②的 *Strike* 和 *Justice*。又如教长篇的文字,与其教麦考来的《约翰生行述》不如教弥尔的《群己权界论》③。……我写到这里,忽然想起日本东京丸善书店的英文书目。那书目上,凡是英美两国一年前出版的新书,大概都有。我把这书目和商务书馆与伊文思书馆的书目一比较,我几乎要羞死了。

　　我回中国所见的怪现状,最普通的是"时间不值钱"。中国人吃了饭没有事做,不是打麻雀(将),便是打"扑克"。有的人走上茶馆,泡了一碗茶,便是一天了。有的人拿一只鸟儿到处逛逛,也是一天了。更可笑的是朋友去看朋友,一坐下便生了根了,再也不肯走。有事商议,或是有话谈论,倒也罢了。其实并没有可议的事,可说的话。我有

---

　　① 《安德罗克勒斯和狮子》,萧伯纳的剧作。
　　② 高尔斯华绥(1867—1933):英国作家。下面提到的 Strike 和 Justice 是他的两部剧本(《斗争》和《正义》)。
　　③ 穆勒的《论自由》的旧译。

一天在一位朋友处有事,忽然来了两位客,是□□馆的人员。我的朋友走出去会客,我因为事没有完,便在他房里等他。我以为这两位客一定是来商议这□□馆中什么要事的。不料我听得他们开口道:"□□先生,今回是打津浦火车来的,还是坐轮船来的?"我的朋友说是坐轮船来的。这两位客接着便说轮船怎样不便,怎样迟缓。又从轮船上谈到铁路上,从铁路上又谈到现在中交两银行的钞洋跌价。因此又谈到梁任公的财政本领,又谈到梁士诒的行踪去迹……谈了一点多钟,没有谈上一句要紧的话。后来我等的没法了,只好叫听差去请我的朋友。那两位客还不知趣,不肯就走。我不得已,只好跑了,让我的朋友去领教他们的"二梁优劣论"吧!

美国有一位大贤名弗兰克令(Benjamin Franklin)[①]的,曾说道:"时间乃是造成生命的东西。"时间不值钱,生命仍然也不值钱了。上海那些拣茶叶的女工,一天拣到黑,至多不过得二百个钱,少的不过得五六十钱。茶叶店的伙计,一天做十六七点钟的工,一个月平均只拿得两三块钱!还有那些工厂的工人,更不用说了。还有那些更下等,更苦痛的工作,更不用说了。人力那样不值钱,所以卫生也不讲究,医药也不讲究。我在北京上海看那些小店铺里和穷人家里的种种不卫生,真是一个黑暗世界。至于道路的不洁净,瘟疫的流行,更不消说了。最可怪的是无论阿猫阿狗都可挂牌医病,医死了人,也没有人怨恨,也没有人干涉。人命的不值钱,真可算得到了极端了。

现今的人都说教育可以救种种的弊病。但是依我看来,中国的教育,不但不能救亡,简直可以亡国。我有十几年没到内地去了,这回回

[①] 通译本杰明·富兰克林。

去,自然去看看那些学堂。学堂的课程表,看来何尝不完备?体操也有,图画也有,英文也有,那些国文、修身之类,更不用说了。但是学堂的弊病,却正在这课程完备上。例如我们家乡的小学堂,经费自然不充足了,却也要每年花六十块钱去请一个中学堂学生兼教英文唱歌。又花了二十块钱买一架风琴。我心想,这六十块一年的英文教习,能教什么英文?教的英文,在我们山里的小地方,又有什么用处?至于那音乐一科,更无道理了。请问那种学堂的音乐,还是可以增进"美感"呢?还是可以增进音乐知识呢?若果然要教音乐,为什么不去村乡里找一个会吹笛子唱昆腔的人来教。为什么一定要用那实在不中听的二十块钱的风琴呢?那些穷人的子弟学了音乐回家,能买得起一架风琴来练习他所学的音乐知识吗?我真是莫名其妙了。所以我在内地常说:"列位办学堂,尽不必问教育部规程是什么,须先问这块地方上最需要的是什么。譬如我们这里最需要的是农家常识、蚕桑常识、商业常识、卫生常识,列位却把修身教科书去教他们做圣贤!又把二十块钱的风琴去教他们学音乐!又请一位六十块钱一年的教习教他们的英文!列位自己想想看,这样的教育,造得出怎么样的人才?所以我奉劝列位办学堂,切莫注重课程的完备,须要注意课程的实用。尽不必去巴结视学员,且去巴结那些小百姓。视学员说这个学堂好,是没有用的。须要小百姓都肯把他们的子弟送来上学,那才是教育有成效了。"

　　以上说的是小学堂。至于那些中学校的成绩,更可怕了。我遇见一位省立法政学堂的本科学生,谈了一会,他忽然问道:"听说东文是和英文差不多的,这话可真吗?"我已经大诧异了。后来他听我说日本人总有些岛国习气,忽然问道:"原来日本也在海岛上吗?"……这个固然是一个极端的例。但是如今中学堂毕业的人才,高又高不得,低又低不得,竟成了一种无能的游民。这都由于学校里所教的功课,和社会上的需要毫无关涉。所以学校只管多,教育只管兴,社会上的工人、伙计、账房、警察、兵士、农夫……还只是用没有受过教育的人。社会所需要的是做事的人才,学堂所造成的是不会做事又不肯做事的人才,这种教育不是亡国的教育吗?

我说我的"归国杂感",提起笔来,便写了三四千字。说的都是些很可以悲观的话。但是我却并不是悲观的人。我以为这二十年来中国并不是完全没有进步,不过惰性太大,向前三步又退回两步,所以到如今还是这个样子。我这回回家寻出了一部叶德辉的《翼教丛编》,读了一遍,才知道这二十年的中国实在已经有了许多大进步。不到二十年前,那些老先生们,如叶德辉、王益吾之流,出了死力去驳康有为,所以这书叫做《翼教丛编》。我们今日也痛骂康有为。但二十年前的中国,骂康有为太新;二十年后的中国却骂康有为太旧。如今康有为没有皇帝可保了,很可以做一部《翼教续编》来骂陈独秀了。这两部"翼教"的书的不同之处便是中国二十年来的进步了。

民国七年一月。

(原载1918年1月《新青年》第四卷第1号,署名胡适。后收入上海亚东图书馆1921年12月初版《胡适文存》。)

信心与反省

这一期(《独立》一〇三期)里有寿生先生的一篇文章,题为《我们要有信心》,在这文里,他提出一个大问题:中华民族真不行吗?他自己的答案是:我们是还有生存权的。

我很高兴我们的青年在这种恶劣空气里还能保持他们对于国家民族前途的绝大信心。这种信心是一个民族生存的基础,我们当然是完全同情的。

可是我们要补充一点:这种信心本身要建筑在稳固的基础之上,不可站在散沙之上。如果信仰的根据不稳固,一朝根基动摇了,信仰也就完了。

寿生先生不赞成那些旧人"拿什么五千年的古国哟,精神文明哟,地大物博哟,来遮丑"。这是不错的。然而他自己提出的民族信心的根据,依我看来,文字上虽然和他们不同,实质上还是和他们同样

的站在散沙之上,同样的挡不住风吹雨打。例如他说:

我们今日之改进不如日本之速者,就是因为我们的固有文化太丰富了。富于创造性的人,个性必强,接受性就较缓。

这种思想在实质上和那五千年古国精神文明的迷梦是同样的无稽的夸大。第一,他的原则"富于创造性的人,个性必强,接受性就较缓",这个大前提就是完全无稽之谈,就是懒惰的中国士大夫捏造出来替自己遮丑的胡说。事实上恰好是相反的:凡富于创造性的人必敏于模仿,凡不善模仿的人决不能创造。创造是一个最误人的名词,其实创造只是模仿到十足时的一点点新花样。古人说的最好:"太阳之下,没有新的东西。"一切所谓创造都从模仿出来。我们不要被新名词骗了。新名词的模仿就是旧名词的"学"字;"学之为言效也"是一句不磨的老话。例如学琴,必须先模仿琴师弹琴;学画必须先模仿画师作画;就是画自然界的景物,也是模仿。模仿熟了,就是学会了,工具用的熟了,方法练的细密了,有天才的人自然会"熟能生巧",这一点工夫到时的奇巧新花样就叫做创造。凡不肯模仿,就是不肯学人的长处。不肯学如何能创造?葛理略(Galileo)听说荷兰有个磨镜匠人做成了一座望远镜,他就依他听说的造法,自己制造了一座望远镜。这就是模仿,也就是创造。从十七世纪初年到如今,望远镜和显微镜都年年有进步,可是这三百年的进步,步步是模仿,也步步是创造。一切进步都是如此:没有一件创造不是先从模仿下手的。孔子说的好:

三人行,必有我师焉:择其善者而从之,其不善者而改之。

这就是一个圣人的模仿。懒人不甘模仿，所以决不会创造。一个民族也和个人一样，最肯学人的时代就是那个民族最伟大的时代，等到他不肯学人的时候，他的盛世已过去了，他已走上衰老僵化的时期了，我们中国民族最伟大的时代，正是我们最肯模仿四邻的时代：从汉到唐宋，一切建筑、绘画、雕刻、音乐、宗教、思想、算学、天文、工艺，那一件里没有模仿外国的重要成分？佛教和他带来的美术建筑，不用说了。从汉朝到今日，我们的历法改革，无一次不是采用外国的新法；最近三百年的历法是完全学西洋的，更不用说了。到了我们不肯学人家的好处的时候，我们的文化也就不进步了。我们到了民族中衰的时代，只有懒劲学印度人的吸食鸦片，却没有精力学满洲人的不缠脚，那就是我们自杀的法门了。

第二，我们不可轻视日本人的模仿。寿生先生也犯了一般人轻视日本的恶习惯，抹杀日本人善于模仿的绝大长处。日本的成功，正可以证明我在上文说的"一切创造都从模仿出来"的原则。寿生说：

> 从唐以至日本明治维新，千数百年间，日本有一件事足为中国取镜者吗？中国的学术思想在她手里去发展改进过吗？我们实无法说有。

这又是无稽的诬告了。三百年前，朱舜水到日本，他居留久了，能了解那个岛国民族的优点，所以他写信给中国的朋友说，日本的政治虽不能上比唐虞，可以说比得上三代盛世。这一个中国大学者在长期寄居之后下的考语，是值得我们的注意的。日本民族的长处全在他们肯一心一意的学别人的好处。他们学了中国的无数好处，但始终不会学我们的小脚，八股文，鸦片烟。这不够"为中国取镜"吗？他们学别国的文化，无论在那一方面，凡是学到家的，都能有创造的贡献。这是必然的道理。浅见的人都说日本的山水人物画是模仿中国的；其实日本画自有他的特点，在人物方面的成绩远胜过中国画，在山水方面也没有走上四王的笨路。在文学方面，他们也有很大的创造。近年已有人赏识日本的小诗了。我且举一个大家不甚留意的例子。文学史家往往说日本的《源氏物语》等作品是模仿中国唐人的小说《游仙窟》等书的。现今《游仙窟》已从日本翻印回中国来了，《源氏物语》也有了英国人卫来先生（Arthur Waley）的五巨册的译本。我们若比较这两部书，就不能不惊叹日本人创造力的伟大。如果《源氏》真是从模仿《游仙窟》出来的，那真是徒弟胜过师傅千万倍了！寿生先生原文里批评日本的工商业，也是中了成见的毒。日本今日工商业的长脚发展，虽然也受了生活程度比人低和货币低落的恩惠，但他的根基实在是全靠科学与工商业的进步。今日大阪与兰肯歇的竞争，骨子里还是新式工业与旧式工业的竞争。日本今日自造的纺织器是世界各国公认为最新最良的。今日英国纺织业也不能不购买日本的新机器了。这是从模仿到创造的最好的例子。不然，我们工人的工资比日本更低，货币平常也比日本钱更贱，为什么我们不能"与他国资本家抢商场"呢？我们到了今日，若还要抹煞事实，笑人模仿，而自居于"富于创造性者"的不屑模仿，那真是盲目的夸大狂了。

第三，再看看"我们的固有文化"是不是真的"太丰富了"。寿生和其他夸大本国固有文化的人们，如果真肯平心想想，必然也会明白这句话也是无根的乱谈。这个问题太大，不是这篇短文里所能详细讨论的,我只能指出几个比较重要之点,使人明白我们的固有文化实在是很贫乏的,谈不到"太丰富"的梦话。近代的科学文化,工业文化,我们可以撇开不谈,因为在那些方面,我们的贫乏未免太丢人了。我们且谈谈老远的过去时代罢。我们的周秦时代当然可以和希腊罗马相提比论,然而我们如果平心研究希腊罗马的文学,雕刻,科学,政治,单是这四项就不能不使我们感觉我们的文化的贫乏了。尤其是造形美术与算学的两方面,我们真不能不低头愧汗。我们试想想,《几何原本》的作者欧几里得(Euclid)正和孟子先后同时;在那么早的时代,在二千多年前,我们在科学上早已太落后了!(少年爱国的人何不试拿《墨子·经上》篇里的三五条几何学界说来比较《几何原本》?)从此以后,我们所有的,欧洲也都有;我们所没有的,人家所独有的,人家都比我们强。试举一个例子:欧洲有三个一千年的大学,有许多个五百年以上的大学,至今继续存在,继续发展:我们有没有?至于我们所独有的宝贝,骈文,律诗,八股,小脚,太监,姨太太,五世同居的大家庭,贞节牌坊,地狱活现的监狱,廷杖,板子夹棍的法庭……虽然"丰富",虽然"在这世界无不足以单独成一系统",究竟都是使我们抬不起头来的文物制度。即如寿生先生指出的"那更光辉万丈"的宋明理学,说起来也真正可怜!讲了七八百年的理学,没有一个理学圣贤起来指出裹小脚是不人道的野蛮行为,只见大家崇信"饿死事极小,失节事极大"的吃人礼教:请问那万丈光辉究竟照耀到哪里去了?

以上说的,都只是略略指出寿生先生代表的民族信心是建筑在散沙上面,禁不起风吹草动,就会倒塌下来的。信心是我们需要的,但无根据的信心是没有力量的。

可靠的民族信心,必须建筑在一个坚固的基础之上,祖宗的光荣自是祖宗之光荣,不能救我们的痛苦羞辱。何况祖宗所建的基业不全是光荣呢?我们要指出:我们的民族信心必须站在"反省"的唯一基础之上。反省就是要闭门思过,要诚心诚意的想,我们祖宗的罪孽深重,我们自己的罪孽深重;要认清了罪孽所在,然后我们可以用全副精力去消灾灭罪。寿生先生引了一句"中国不亡是无天理"的悲叹词句,他也许不知道这句伤心的话是我十三四年前在中央公园后面柏树下对孙伏园先生说的,第二天被他记在《晨报》上,就流传至今。我说出那句话的目的,不是要人消极,是要人反省;不是要人灰心,是要人起信心,发下大弘誓来忏悔,来替祖宗忏悔,替我们自己忏悔;要发愿造新因来替代旧日种下的恶因。

今日的大患在于全国人不知耻。所以不知耻者,只是因为不曾反省。一个国家兵力不如人,被人打败了,被人抢夺了一大块土地去,这不算是最大的耻辱。一个国家在今日还容许整个的省份遍种鸦片烟,一个政府在今日还要依靠鸦片烟的税收——公卖税,吸户税,烟苗税,过境税——来做政府的收入的一部分,这是最大的耻辱。一个现代民族在今日还容许他们的最高官吏公然提倡什么"时轮金刚法会","息灾利民法会",这是最大的耻辱。一个国家有五千年的历史,而没有一个四十年的大学,甚至于没有一个真正完备的大学,这是最大的耻辱。一个国家能养三百万不能捍卫国家的兵,而至今不肯计划任何区域的国民义务教育,这是最大的耻辱。

真诚的反省自然发生真诚的愧耻。孟子说的好:"不耻不若人,何若人有?"真诚的愧耻自然引起向上的努力,要发弘愿努力学人家的好处,铲除自家的罪恶。经过这种反省与忏悔之后,然后可以起新的信心：要信仰我们自己正是拨乱反正的人，这个担子必须我们自己来挑起。三四十年的天足运动已经差不多完全铲除了小脚的风气：从前大脚的女人要装小脚，现在小脚的女人要装大脚了。风气转移的这样快，这不够坚定我们的自信心吗？

历史的反省自然使我们明了今日的失败都因为过去的不努力，同时也可以使我们格外明了"种瓜得瓜，种豆得豆"的因果铁律。铲除过去的罪孽只是割断已往种下的果。我们要收新果，必须努力造新因。祖宗生在过去的时代，他们没有我们今日的新工具，也居然能给我们留下了不少的遗产。我们今日有了祖宗不曾梦见的种种新工具，当然应该有比祖宗高明千百倍的成绩，才对得起这个新鲜的世界。日本一个小岛国，那么贫瘠的土地，那么少的人民，只因为伊藤博文，大久保利通，西乡隆盛等几十个人的努力，只因为他们肯拼命的学人家，肯拼命的用这个世界的新工具，居然在半个世纪之内一跃而为世界三五大强国之一。这不够鼓舞我们的信心吗？

反省的结果应该使我们明白那五千年的精神文明，那"光辉万丈"的宋明理学，那并不太丰富的固有文化，都是无济于事的银样蜡枪头。我们的前途在我们自己的手里。我们的信心应该望在我们的将来。我们的将来全靠我们下什么种，出多少力。"播了种一定会有收获，用了力决不至于白费"：这是翁文灏先生要我们有的信心。

二十三，五，二十八。

不　朽
——我的宗教

不朽有种种说法,但是总括看来,只有两种说法是真有区别的。一种是把"不朽"解作灵魂不灭的意思。一种就是《春秋左传》上说的"三不朽"。

（一）神不灭论　宗教家往往说灵魂不灭,死后须受末日的裁判:做好事的享受天国天堂的快乐,做恶事的要受地狱的苦痛。这种说法,几千年来不但受了无数愚夫愚妇的迷信,居然还受了许多学者的信仰。但是古今来也有许多学者对于灵魂是否可离形体而存在的问题,不能不发生疑问。最重要的如南北朝人范缜的《神灭论》说:"形者神之质,神者形之用。……神之于质,犹利之于刀;形之于用,犹刀之于利。……舍利无刀,舍刀无利。未闻刀没而利存,岂容形亡而神在?"宋朝的司马光也说:"形既朽灭,神亦飘散,虽有剉烧舂磨,亦无所施。"但是司马光说的"形既朽灭,神亦飘散",还不免把形与神看作两件事,不如范缜说的更透彻。范缜说人的神灵即是形体的作用,形体便是神灵的形质。正如刀子是形质,刀子的利钝是作用;有刀子方才有利钝,没有刀子便没有利钝。人有形体方才有作用:这个作用,我们叫做"灵魂"。若没有形体,便没有作用了,便没有灵魂了。范缜这篇《神灭论》出来的时候,惹起了无数人的反对。梁武帝叫了七十几个名士作论驳他,都没有什么真有价值的议论。其中只有沈约的《难神灭论》说:"利若遍施四方,则利体无处复立;利之为用正存一边毫毛处耳。神之与形,举体若合,又安得同乎?或以此譬为尽耶,则不尽;若谓本不尽耶,则不可以为譬也。"这一段是说刀是无机体,人是有机体,故不能彼此相比。这话固然有理,但终不能推翻"神者形之用"的议论。近世唯物派的学者也说人的灵魂并不是什么无形体,独立存在的物事,不过是神经作用的总名;灵魂的种种作用都即是脑部各部分的机能作用;若有某部被损伤,某种作用即时废止;人幼年时脑部不曾完全发达,神灵作用也不能完全,老年人脑部渐渐衰耗,神灵作用也渐渐衰耗。这种议论的大旨,与范缜所说"神者形之用"正相同,但是有许多人总舍不得把灵魂打消了,所以咬住说灵魂另是一种神秘玄妙的物事,并不是神经的作用。这个"神秘玄妙"的物事究竟是什么,他们也说不出来,只觉得总应该有这么一件物事。既是"神秘玄妙",自然不能用科学试验来证明他,也不能用科学试验来驳倒他。既然如此,我们只好用实验主义(Pragmatism)的方法,看这种学说的实际效果如何,以为评判的标准。依此标准看来,信神不灭论的固然也有好人,信神灭论的也未必全是坏人。即如司马光、范缜、赫胥黎一类的人,说不信灵魂不灭的话,何尝没有高尚的道德?更进一层说,有些人因为迷信天堂,天国,地狱,末日裁判,方才修德行善,这种修行全是自私自利的,也算不得真正道德。总而言之,灵魂灭不灭的问题,于人生行为上实在没有什么重大影响;既没有实际的影响,简直可说是不成问题了。

(二) 三不朽说 《左传》说的三种不朽是:(一) 立德的不朽,(二) 立功的不朽,(三) 立言的不朽。"德"便是个人人格的价值,像墨翟、耶稣一类的人,一生刻意孤行,精诚勇猛,使当时的人敬爱信仰,使千百年后的人想念崇拜。这便是立德的不朽。"功"便是事业,像哥伦布发见美洲,像华盛顿造成美洲共和国,替当时的人开一新天地,替历史开一新纪元,替天下后世的人种下无量幸福的种子。这便是立功的不朽。"言"便是语言著作,像那《诗经》三百篇的许多无名诗人,又像陶潜、杜甫、莎士比亚、易卜生一类的文学家,又像柏拉图、卢骚、弥儿顿一类的哲学家,又像牛顿、达尔文一类的科学家,或是做了几首好诗使千百年后的人欢喜感叹;或是做了几本好戏使当时的人鼓舞感动,使后世的人发愤兴起;或是创出一种新哲学,或是发明了一种新学说,或在当时发生思想的革命,或在后世影响无穷。这便是立言的不朽。总而言之,这种不朽说,不问人死后灵魂能不能存在,只问他的人格,他的事业,他的著作有没有永远存在的价值。即如基督教徒说耶稣是上帝的儿子他的神灵永远存在,我们正不用驳这种无凭据的神话,只说耶稣的人格、事业和教训都可以不朽,又何必说那些无谓的神话呢?又如孔教会的人到了孔丘的生日,一定要举行祭孔的典礼,还有些人学那"朝山进香"的法子,要赶到曲阜孔林去对孔丘的神灵表示敬意!其实孔丘的不朽全在他的人格与教训,不在他那"在天之灵"。大总统多行两次丁祭,孔教会多走两次"朝山进香",就可以使孔丘格外不朽了吗?更进一步说,像那《三百篇》里的诗人,也没有姓名,也没有事实,但是他们都可说是立言的不朽。为什么呢?因为不朽全靠一个人的真价值,并不靠姓名事实的流传,也不靠灵魂的存在。试看古今来的多少大发明家,那发明火的,发明养蚕的,发明缲丝的,发明织布的,发明水车的,发明舂米的水碓的,发明规矩的,发明秤的,……虽然姓名不传,事实湮没,但他们的功业永远存在,他们也就都不朽了。这种不朽比那个人的小小灵魂的存在,可不是更可宝贵,更可羡慕吗?况且那灵魂的有无还在不可知之中,这三种不朽——德、功、言——可是实在的。这三种不朽可不是比那灵魂的不灭更靠得住吗?

以上两种不朽论,依我个人看来,不消说得,那"三不朽说"是比那"神不灭说"好得多了。但是那"三不朽说"还有三层缺点,不可不知。第一,照平常的解说看来,那些真能不朽的人只不过那极少数有道德,有功业,有著述的人。还有那无量平常人难道就没有不朽的希望吗?世界上能有几个墨翟、耶稣,几个哥伦布、华盛顿,几个杜甫、陶潜,几个牛顿、达尔文呢?这岂不成了一种"寡头"的不朽论吗?第二,这种不朽论单从积极一方面着想,但没有消极的裁制。那种灵魂的不朽论既说有天国的快乐,又说有地狱的苦楚,是积极消极两方面都顾着的。如今单说立德可以不朽,不立德又怎样呢?立功可以不朽,有罪恶又怎样呢?第三,这种不朽论所说的"德"、"功"、"言"三件,范围都很含糊。究竟怎样的人格方才可算是"德"呢?怎样的事业方才可算是"功"呢?怎样的著作方才可算是"言"呢?我且举一个例。哥伦布发见美洲固然可算得立了不朽之功,但是他船上的水手火头又怎样呢?他那只船的造船工人又怎样呢?他船上用的罗盘器械的制造工人又怎样呢?他所读的书的著作者又怎样呢?……举这一条例,已可见"三不朽"的界限含糊不清了。

因为要补足这三层缺点,所以我想提出第三种不朽论来请大家讨论。我一时想不起别的好名字,姑且称他做"社会的不朽论"。

(三)社会的不朽论　社会的生命,无论是看纵剖面,是看横截面,都像一种有机的组织。从纵剖面看来,社会的历史是不断的;前人影响后人,后人又影响更后人;没有我们的祖宗和那无数的古人,又哪里有今日的我和你?没有今日的我和你,又哪里有将来的后人?没有那无量数的个人,便没有历史,但是没有历史,那无数的个人也决不是那个样子的个人:总而言之,个人造成历史,历史造成个人。从横截面看来,社会的生活是交互影响的:个人造成社会,社会造成个人;社会的生活全靠个人分工合作的生活,但个人的生活,无论如何不同,都脱不了社会的影响;若没有那样这样的社会,决不会有这样那样的我和你;若没有无数的我和你,社会也决不是这个样子,来勃尼慈(Leibnitz)说得好:

> 这个世界乃是一片大充实(Plenum,为真空 Vacuum 之对),其中一切物质都是接连着的。一个大充实里面有一点变动,全部的物质都要受影响,影响的程度与物体距离的远近成正比例。世界也是如此。每一个人不但直接受他身边亲近的人的影响,并且间接又间接的受距离很远的人的影响。所以世间的交互影响,无论距离远近,都受得着的。所以世界上的人,每人受着全世界一切动作的影响。如果他有周知万物的智慧,他可以在每人的身上看出世间一切施为,无论过去未来都可看得出,在这一个现在里面便有无穷时间空间的影子。(见 Monadology 第六十一节)

从这个交互影响的社会观和世界观上面,便生出我所说的"社会的不朽论"来。我这"社会的不朽论"的大旨是:

我这个"小我"不是独立存在的,是和无量数小我有直接或间接的交互关系的;是和社会的全体和世界的全体都有互为影响的关系的;是和社会世界的过去和未来都有因果关系的。种种从前的因,种种现在无数"小我"和无数他种势力所造成的因,都成了我这个"小我"的一部分。我这个"小我",加上了种种从前的因,又加上了种种现在的因,传递下去,又要造成无数将来的"小我"。这种种过去的"小我",和种种现在的"小我",和种种将来无穷的"小我",一代传一代,一点加一滴;一线相传,连绵不断;一水奔流,滔滔不绝:——这便是一个"大我"。"小我"是会消灭的,"大我"是永远不灭的。"小我"是有死的,"大我"是永远不死,永远不朽的。"小我"虽然会死,但是每一个"小我"的一切作为,一切功德罪恶,一切语言行事,无论大小,无论是非,无论善恶,——都永远留存在那个"大我"之中。那个"大我",便是古往今来一切"小我"的纪功碑,彰善词,罪状判决书,孝子慈孙百世不能改的恶谥法。这个"大我"是永远不朽的,故一切"小我"的事业,人格,一举一动,一言一笑,一个念头,一场功劳,一桩罪过,也都永远不朽。这便是社会的不朽,"大我"的不朽。

那边"一座低低的土墙,遮着一个弹三弦的人"。那三弦的声浪,在空间起了无数波澜;那被冲动的空气质点,直接间接冲动无数旁的空气质点;这种波澜,由近而远,至于无穷空间;由现在而将来,由此刹那以至于无量刹那,至于无穷时间:——这已是不灭不朽了。那时间,那"低低的土墙"外边来了一位诗人,听见那三弦的声音,忽然起了一个念头;由这一个念头,就成了一首好诗;这首好诗传诵了许多人;人读了这诗,各起种种念头;由这种种念头,更发生无量数的念头,更发生无数的动作,以至于无穷。然而那"低低的土墙"里面那个弹三弦的人又如何知道他所发生的影响呢?

一个生肺病的人在路上偶然吐了一口痰。那口痰被太阳晒干了,化为微尘,被风吹起空中,东西飘散,渐吹渐远,至于无穷时间,至于无穷空间。偶然一部分的病菌被体弱的人呼吸进去,便发生肺病,由他一身传染一家,更由一家传染无数人家。如此辗转传染,至于无穷空间,至于无穷时间。然而那先前吐痰的人的骨头早已腐烂了,他又如何知道他所种的恶果呢?

一千五六百年前有一个人叫做范缜说了几句话道:"神之于形,犹利之于刀;未闻刀没而利存,岂容形亡而神在?"这几句话在当时受了无数人的攻击。到了宋朝有个司马光把这几句话记在他的《资治通鉴》里。一千五六百年之后,有一个十一岁的小孩子,——就是我,——看《通鉴》到这几句话,心里受了一大感动,后来便影响了他半生的思想行事。然而那说话的范缜早已死了一千五百年了!

二千六七百年前,在印度地方有一个穷人病死了,没人收尸,尸首暴露在路上,已腐烂了。那边来了一辆车,车上坐着一个皇太子,看见了这个腐烂发臭的死人,心中起了一念;由这一念,辗转发生无数念。后来那位皇太子把王位也抛了,富贵也抛了,父母妻子也抛了,独自去寻思一个解脱生老病死的方法。后来这位王子便成了一个教主,创了一种哲学的宗教,感化了无数人。他的影响势力至今还在;将来即使他的宗教全灭了,他的影响势力终久还存在,以至于无穷。这可是那腐烂发臭的路毙所曾梦想到的吗?

以上不过是略举几件事,说明上文说的"社会的不朽","大我的不朽"。这种不朽论,总而言之,只是说个人的一切功德罪恶,一切言语行事,无论大小好坏,一一都留下一些影响在那个"大我"之中,一一都与这永远不朽的"大我"一同永远不朽。

上文我批评那"三不朽论"的三层缺点:(一)只限于极少数的人,(二)没有消极的裁制,(三)所说"功、德、言"的范围太含糊了。如今所说"社会的不朽",其实只是把那"三不朽论"的范围更推广了。既然不论事业功德的大小,一切都可不朽,那第一第三两层短处都没有了。冠绝古今的道德功业固可以不朽,那极平常的"庸言庸行",油盐柴米的琐屑,愚夫愚妇的细事,一言一笑的微细,也都永远不朽。那发现美洲的哥伦布固可以不朽,那些和他同行的水手火头,造船的工人,造罗盘器械的工人,供给他粮食衣服银钱的人,他所读的书的著作家,生他的父母,生他父母的父母祖宗,以及生育训练那些工人商人的父母祖宗,以及他以前和同时的社会,……都永远不朽。社会是有机的组织,那英雄伟人可以不朽,那挑水的,烧饭的,甚至于浴堂里替你擦背的,甚至于每天替你家掏粪倒马桶的,也都永远不朽。至于那第二层缺点,也可免去。如今说立德不朽,行恶也不朽;立功不朽,犯罪也不朽;"流芳百世"不朽,"遗臭万年"也不朽;功德盖世固是不朽的善因,吐一口痰也有不朽的恶果。我的朋友李守常先生说得好:"稍一失脚,必致遗留层层罪恶种子于未来无量的人,——即未来无量的我,——永不能消除,永不能忏悔。"这就是消极的裁制了。

中国儒家的宗教提出一个父母的观念，和一个祖先的观念，来做人生一切行为的裁制力。所以说，"一出言而不敢忘父母，一举足而不敢忘父母"。父母死后，又用丧礼祭礼等等见神见鬼的方法，时刻提醒这种人生行为的裁制力。所以又说，"斋明盛服，以承祭祀，洋洋乎如在其上，如在其左右"。又说，"斋三日，则见其所为斋者；祭之日，入室，僾然必有见乎其位；周还出户，肃然必有闻乎其容声；出户而听，忾然必有闻乎其叹息之声"。这都是"神道设教"，见神见鬼的手段。这种宗教的手段在今日是不中用了。还有那种"默示"的宗教，神权的宗教，崇拜偶像的宗教，在我们心里也不能发生效力，不能裁制我们一生的行为。以我个人看来，这种"社会的不朽"观念很可以做我的宗教了。我的宗教的教旨是：

我这个现在的"小我"，对于那永远不朽的"大我"的无穷过去，须负重大的责任；对于那永远不朽的"大我"的无穷未来，也须负重大的责任。我须要时时想着，我应该如何努力利用现在的"小我"，方才可以不辜负了那"大我"的无穷过去，方才可以不遗害那"大我"的无穷未来？

（跋）这篇文章的主意是民国七年年底当我的母亲丧事里想到的。那时只写成一部分，到八年二月十九日方才写定付印。后来俞颂华先生在报纸上指出我论社会是有机体一段很有语病，我觉得他的批评很有理，故九年二月间我用英文发表这篇文章时，我就把那一段完全改过了。十年五月，又改定中文原稿，并记作文与修改的缘起于此。

（原载 1919 年 2 月《新青年》第 6 卷第 6 号，署名胡适，后收入《胡适文存》。）

贞操问题

一

周作人先生所译的日本与谢野晶子的《贞操论》(《新青年》四卷五号)，我读了很有感触。这个问题，在世界上受了几千年的无意识的迷信，到近几十年中，方才有些西洋学者正式讨论这问题的真意义。文学家如易卜生的《群鬼》和 Thomas Hardy 的《苔史》(Tess)，都带着讨论这个问题。如今家庭专制最利害的日本居然也有这样大胆的议论！这是东方文明史上一件极可贺的事。

当周先生翻译这篇文字的时候，北京一家很有价值的报纸登出一篇恰相反的文章。这篇文章是海宁朱尔迈的《会葬唐烈妇记》(七月二十三四日北京《中华新报》)。上半篇写唐烈妇之死如下：

> 唐烈妇之死,所阅灰水、钱卤、投河、雉经者五,前后绝食者三;又益之以砒霜,则其亲试乎杀人之方者凡九。自除夕上溯其夫亡之夕,凡九十有八日。夫以九死之惨毒,又历九十八日之长,非所称百挫千折有进而无退者乎?……

下文又借出一件"俞氏女守节"的事来替唐烈妇作陪衬:

> 女年十九,受海盐张氏聘,未于归,夫夭,女即绝食七日;家人劝之力,始进糜日,"吾即生,必至张氏,宁服丧三年,然后归报地下。"

最妙的是朱尔迈的论断:

> 嗟乎,俞氏女盖闻烈妇之风而兴起者乎?……俞氏女果能死于绝食七日之内岂不甚幸?乃为家人阻之,俞氏女亦以三年为己任,余正恐三年之间,凡一千八十日有奇,非如烈妇之九十八日也。且绝食之后,其家人防之者百端,……虽有死之志,而无死之间,可奈何?烈妇倘能阴相之以成其节,风化所关,猗欤甚矣!

这种议论简直是全无心肝的贞操论。俞氏女还不曾出嫁,不过因为信了那种荒谬的贞操迷信,想做那"青史上留名的事",所以绝食寻死,想做烈女。这位朱先生要维持风化,所以忍心害理的巴望那位烈妇的英灵来帮助俞氏女赶快死了,"岂不甚幸"!这种议论可算得贞操迷信的极端代表。《儒林外史》里面的王玉辉看他女儿殉夫死了,不但不哀痛,反仰天大笑道:"死得好!死得好!"(五十二回)王玉辉的女儿殉已嫁之夫,尚在情理之中。王玉辉自己"生这女儿为伦纪生色",他看他女儿死了反觉高兴,已不在情理之中了。至于这位朱先生巴望别人家的女儿替他未婚夫做烈女,说出那种"猗欤甚矣"的全无心肝的话,可不是贞操迷信的极端代表吗?

贞操问题之中,第一无道理的,便是这个替未婚夫守节和殉烈的风俗。在文明国里,男女用自由意志,由高尚的恋爱,订了婚约,有时男的或女的不幸死了,剩下的那一个因为生时爱情太深,故情愿不再婚嫁。这是合情理的事。若在婚姻不自由之国,男女订婚以后,女的还不知男的面长面短,有何情爱可言?不料竟有一种陋儒,用"青史上留名的事"来鼓励无知女儿做烈女,"为伦纪生色","风化所关,猗欤甚矣!"我以为我们今日若要作具体的贞操论,第一步就该反对这种忍心害理的烈女论,要渐渐养成一种舆论,不但永不把这种行为看作"猗欤甚矣"可旌表褒扬的事,还要公认这是不合人情,不合天理的罪恶;还要公认劝人做烈女,罪等于故意杀人。

这不过是贞操问题的一方面。这个问题的真相,已经与谢野晶子说得很明白了。她提出几个疑问,内中有一条是:"贞操是否单是女子必要的道德,还是男女都必要的呢?"这个疑问,在中国更为重要。中国的男子要他们的妻子替他们守贞守节,他们自己却公然嫖妓,公然纳妾,公然"吊膀子"。再嫁的妇人在社会上几乎没有社交的资格;再婚的男子,多妻的男子,却一毫不损失他们的身份。这不是最不平等的事吗?怪不得古人要请"周婆制礼"来补救"周公制礼"的不平等了。

我不是说,因为男子嫖妓,女子便该偷汉;也不是说,因为老爷有姨太太,太太便该有姨老爷。我说的是,男子嫖妓,与妇人偷汉,犯的是同等的罪恶；老爷纳妾，与太太偷人，犯的也是同等的罪恶。

为什么呢？因为贞操不是个人的事，乃是人对人的事；不是一方面的事，乃是双方面的事。女子尊重男子的爱情，心思专一，不肯再爱别人，这就是贞操。贞操是一个"人"对别一个"人"的一种态度。因为如此，男子对于女子，也该有同等的态度。若男子不能照样还敬，他就是不配受这种贞操的待遇。这并不是外国进口的妖言，这乃是孔丘说的"己所不欲，勿施于人"。孔丘说：

> 君子之道四，丘未能一焉：所求乎子以事父，未能也；所求乎臣以事君，未能也；所求乎弟以事兄，未能也；所求乎朋友，先施之，未能也。

孔丘五伦之中，只说了四伦，未免有点欠缺。他理该加上一句道：

> 所求乎吾妇，先施之，未能也。

这才是大公无私的圣人之道！

二

我这篇文字刚才做完，又在上海报上看见陈烈女殉夫的事。今先记此事大略如下：

> 陈烈女名宛珍，绍兴县人，三世居上海。年十七，字王远甫之

子菁士。菁士于本年三月廿三日病死，年十八岁。陈女闻死耗，即沐浴更衣，潜自仰药。其家人觉察，仓皇施救，已无及。女乃泫然曰："儿志早决，生虽未获见夫，殁或相从地下……"言讫，遂死，死时距其未婚夫之死仅三时而已。（此据上海绍兴同乡会所出征文启）

过了两天，又见上海县知事呈江苏省长请予褒扬的呈文，中说：

呈为陈烈女行实可风，造册具书证明，请予按例褒扬事。……（事实略）……兹据呈称，……并开具事实，附送褒扬费银六元前来。……知事复查无异。除先给予"贞烈可风"匾额，以资旌表外，谨援《褒扬条例》……之规定，造具清册，并附证明书，连同褒扬费，一并备文呈送，仰祈鉴核，俯赐咨行内务部将陈烈女按例褒扬，实为德便。

我读了这篇呈文，方才知道我们中华民国居然还有什么《褒扬条例》。于是我把那些条例寻来一看，只见第一条九种可褒扬的行谊的第二款便是"妇女节烈贞操可以风世者"；第七款是"著述书籍，制造器用，于学术技艺或发明或改良之功者"；第九款是"年逾百岁者"！一个人偶然活到了一百岁，居然也可以与学术技艺上的著作发明享受同等的褒扬！这已是不伦不类可笑得很了。再看那条例《施行细则》解释第一条第二款的"妇女节烈贞操可以风世者"如下：

第二条：《褒扬条例》第一条第二款所称之"节"妇，其守节年限自三十岁以前守节至五十岁以后者。但年未五十而身故,其守节已及六年者同。

第三条:同条款所称之"烈"妇"烈"女,凡遇强暴不从致死,或羞忿自尽,及夫亡殉节者,属之。

第四条:同条款所称之"贞"女,守贞年限与节妇同。其在夫家守贞身故,及未符年例而身故者,亦属之。

以上各条乃是中国贞操问题的中心点。第二条褒扬"自三十岁以前守节至五十岁以后"的节妇,是中国法律明明认三十岁以下的寡妇不该再嫁;再嫁为不道德。第三条褒扬"夫亡殉节"的烈妇烈女,是中国法律明明鼓励妇人自杀以殉夫;明明鼓励未嫁女子自杀以殉未嫁之夫。第四条褒扬未嫁女子替未婚亡夫守贞二十年以上,是中国法律明明说未嫁而丧夫的女子不该再嫁人,再嫁便是不道德。

这是中国法律对于贞操问题的规定。

依我个人的意思看来,这三种规定都没有成立的理由。

第一,寡妇再嫁问题　这全是一个个人问题。妇人若是对她已死的丈夫真有割不断的情义,她自己不忍再嫁;或是已有了孩子,不肯再嫁;或是年纪已大,不能再嫁;或是家道殷实,不愁衣食,不必再嫁;——妇人处于这种境地,自然守节不嫁。还有一些妇人,对她丈夫,或有怨心,或无恩意,年纪又轻,不肯抛弃人生正当的家庭快乐;或是没有儿女,家又贫苦,不能度日;——妇人处于这种境遇没有守节的理由,为个人计,为社会计,为人道计,都该劝她改嫁。贞操乃是夫妇相待的一种态度。夫妇之间爱情深了,恩谊厚了,无论谁生谁死,无论生时死后,都不忍把这爱情移于别人,这便是贞操。夫妻之间若没有爱情恩意，即没有贞操可说。若不问夫妇之间有无可以永久不变的爱情，若不问做丈夫的配不配受他妻子的贞操，只晓得主张做妻子的总该替她丈夫守节；这是一偏的贞操论，这是不合人情公理的伦理。再者，贞操的道德，"照各人境遇体质的不同，有时能守，有时不能守；在甲能守，在乙不能守"（用与谢野晶子的话）。若不问个人的境遇体质，只晓得说"忠臣不事二君，烈女不更二夫"；只晓得说"饿死事极小，失节事极大"（用程子语）；这是忍心害理，男子专制的贞操论。——以上所说，大旨只要指出寡妇应否再嫁全是个人问题，有个人恩情上，体质上，家计上种种不同的理由，不可偏于一方面主张不近情理的守节。因为如此，故我极端反对国家用法律的规定来褒扬守节不嫁的寡妇。褒扬守节的寡妇，即是说寡妇再嫁为不道德，即是主张一偏的贞操论。法律既不能断定寡妇再嫁为不道德，即不该褒扬不嫁的寡妇。

第二，烈妇殉夫问题　寡妇守节最正当的理由是夫妇间的爱情。妇人殉夫最正当的理由也是夫妇间的爱情。爱情深了，生离尚且不能堪，何况死别？再加以宗教的迷信，以为死后可以夫妇团圆。因此有许多妇人，夫死之后，情愿杀身从夫于地下。这个不属于贞操问题。但我以为无论如何，这也是个人恩爱问题，应由个人自由意志去决定。无论如何，法律总不该正式褒扬妇人自杀殉夫的举动。一来呢，殉夫既由于个人的恩爱，何须用法律来褒扬鼓励？二来呢，殉夫若由于死后团圆的迷信，更不该有法律的褒扬了。三来呢，若用法律来褒扬殉夫的烈妇，有一些好名的妇人，便要借此博一个"青史留名"；是法律的褒扬反发生一种沽名钓誉、作伪不诚的行为了！

第三，贞女烈女问题　未嫁而夫死的女子，守贞不嫁的，是"贞女";杀身殉夫的是"烈女"。我上文说过,夫妇之间若没有恩爱,即没有贞操可说。依此看来,那未嫁的女子,对于她丈夫有何恩爱?既无恩爱,更有何贞操可守?我说到这里,有个朋友驳我道,"这话别人说了还可,胡适之可不该说这话,为什么呢?你自己曾做过一首诗,诗里有一段道:

我不认得他,他不认得我,我却常念他,这是为什么?
岂不因我们,分定常相亲?由分生情意,所以非路人。
海外土生子,生不识故里,终有故乡情,其理亦如此。

依你这诗的理论看来,岂不是已订婚而未嫁娶的男女因为名分已定,也会有一种情意。既有了情意,自然发生贞操问题。你如今又说未婚嫁的男女没有恩爱,故也没有贞操可说,可不是自相矛盾吗?"

我听了这段驳论,几乎开口不得。想了一想,我才回答道:我那首诗所说名分上发生的情意,自然是有的;若没有那种名分上的情意,中国的旧式婚姻决不能存在。如旧日女子听人说他未婚夫的事,即面红害羞,即留神注意,可见他对他未婚夫实有这种名分上所发生的情谊。但这种情谊完全属于理想的。这种理想的情谊往往因实际上的反证,遂完全消灭。如女子悬想一个可爱的丈夫,及到嫁时,只见一个极下流不堪的男子,她如何能坚持那从前理想中的情谊呢?我承认名分可以发生一种情谊,我并且希望一切名分都能发生相当的情谊。但这种理想的情谊,依我看来实在不够发生终身不嫁的贞操,更不够发生杀身殉夫的节烈。即使我更让一步,承认中国有些女子,例如吴趼人《恨海》里那个浪子的聘妻,深中了圣贤经传的毒,由名分上真能生出极浓挚的情谊，无论她未婚夫如何淫荡，人格如何堕落，依旧贞一不变。试问我们在这个文明时代，是否应该赞成提倡这种盲从的贞操？这种盲从的贞操，只值得一句"其愚不可及也"的评论，却不值得法律的褒扬。法律既许未嫁的女子夫死再嫁，便不该褒扬处女守贞。至于法律褒扬无辜女子自杀以殉不曾见面的丈夫，那更是男子专制时代的风俗，不该存在于现今的世界。

总而言之，我对于中国人的贞操问题，有三层意见。

第一，这个问题，从前的人都看作"天经地义"，一味盲从，全不研究"贞操"两字究竟有何意义。我们生在今日，无论提倡何种道德，总该想想那种道德的真意义是什么。墨子说得好：

> 子墨子问于儒者曰，"何故为乐？"曰，"乐以为乐也。"子墨子曰，"子未我应也。今我问曰，'何故为室？'曰，'冬避寒焉，夏避暑焉，室以为男女之别也'，则子告我为室之故矣。今我问曰，'何故为乐？'曰，'乐以为乐也。'是犹曰，'何故为室？'曰，'室以为室也。'"（《公孟》篇）

今试问人"贞操是什么？"或"为什么你褒扬贞操？"他一定回答道，"贞操就是贞操。我因为这是贞操，故褒扬他。"这种"室以为室也"的论理，便是今日道德思想宣告破产的证据。故我做这篇文字的第一个主意只是要大家知道"贞操"这个问题并不是"天经地义"，是可以彻底研究，可以反复讨论的。

第二，我以为贞操是男女相待的一种态度，乃是双方交互的道德，不是偏于女子一方面的。由这个前提，便生出几条引申的意见：

（一）男子对于女子，丈夫对于妻子，也应有贞操的态度；（二）男子做不贞操的行为，如嫖妓娶妾之类，社会上应该用对待不贞妇女的态度来对待他；（三）妇女对于无贞操的丈夫，没有守贞操的责任；（四）社会法律既不认嫖妓纳妾为不道德，便不该褒扬女子的"节烈贞操"。

第三，我绝对的反对褒扬贞操的法律。我的理由是：

（一）贞操既是个人男女双方对待的一种态度，诚意的贞操是完全自动的道德，不容有外部的干涉，不须有法律的提倡。

（二）若用法律的褒扬为提倡贞操的方法，势必至造成许多沽名钓誉，不诚不实，无意识的贞操举动。

（三）在现代社会，许多贞操问题，如寡妇再嫁，处女守贞等等问题的是非得失，却都还有讨论余地，法律不当以武断的态度制定褒贬的规条。

（四）法律既不奖励男子的贞操，又不惩男子的不贞操，便不该单独提倡女子的贞操。

（五）以近世人道主义的眼光看来，褒扬烈妇烈女杀身殉夫，都是野蛮残忍的法律，这种法律，在今日没有存在的地位。

民国七年七月。

（原载 1918 年 7 月《新青年》第 5 卷第 1 号，署名胡适。后收入《胡适文存》。）

多研究些问题,少谈些"主义"![①]

本报(《每周评论》)第二十八号里,我曾说过:

现在舆论界的大危险,就是偏向纸上的学说,不去实地考察中国今日的社会需要究竟是什么东西。那些提倡尊孔祀天的人,固然是不懂得现时社会的需要。那些迷信军国民主义或无政府主义的人,就可算是懂得现时社会的需要么?

要知道舆论家的第一天职,就是细心考察社会的实在情形。一切学理,一切"主义",都是这种考察的工具。有了学理作参考材料,便可使我们容易懂得所考察的情形,容易明白某种情形有

[①] 为了忠实于历史原貌,我们将全文辑录于兹。但文内的某些观点曾引起广泛争议,应加以批判鉴别。——编者

什么意义，应该用什么救济的方法。

我这种议论，有许多人一定不愿意听。但是前几天北京《公言报》、《新民国报》、《新民报》（皆安福部①的报），和日本文的《新支那报》，都极力恭维安福部首领王揖唐②主张民生主义的演说，并且恭维安福部设立"民生主义的研究会"的办法。有许多人自然嘲笑这种假充时髦的行为。但是我看了这种消息，发生一种感想。这种感想是："安福部也来高谈民生主义了，还不够给我们这班新舆论家一个教训吗？"什么教训呢？这可分三层说：

第一，空谈好听的"主义"，是极容易的事，是阿猫阿狗都能做的事，是鹦鹉和留声机器都能做的事。

第二，空谈外来进口的"主义"，是没有什么用处的。一切主义都是某时某地的有心人，对于那时那地的社会需要的救济方法。我们不去实地研究我们现在的社会需要，单会高谈某某主义，好比医生单记得许多汤头歌诀，不去研究病人的症候，如何能有用呢？

第三，偏向纸上的"主义"，是很危险的。这种口头禅很容易被无耻政客利用来做种种害人的事。欧洲政客和资本家利用国家主义的流毒，都是人所共知的。现在中国的政客，又要利用某种某种主义来欺人了。罗兰夫人说："自由自由，天下多少罪恶，都是借你的名做出的！"一切好听的主义，都有这种危险。

---

① 安福部又称安福系。北洋皖系军阀的政客集团。
② 王揖唐（1877—1948），汉奸。曾任北洋政府内务总长。

这三条合起来看，可以看出"主义"的性质。凡"主义"都是应时势而起的。某种社会，到了某时代，受了某种的影响，呈现某种不满意的现状。于是有一些有心人，观察这种现象，想出某种救济的法子。这是"主义"的缘起。主义初起时，大都是一种救时的具体主张。后来这种主张传播出去，传播的人要图简便，便用一两个字来代表这种具体的主张，所以叫他做"某某主义"。主张成了主义，便由具体的计划，变成一个抽象的名词。"主义"的弱点和危险，就在这里。因为世间没有一个抽象名词能把某人某派的具体主张都包括在里面。比如"社会主义"一个名词，马克思的社会主义和王揖唐的社会主义不同；你的社会主义和我的社会主义不同：决不是这一个抽象名词所能包括。你谈你的社会主义，我谈我的社会主义，王揖唐又谈他的社会主义，同用一个名词，中间也许隔开七八个世纪，也许隔开两三万里路，然而你和我和王揖唐都可自称社会主义家，都可用这一个抽象名词来骗人。这不是"主义"的大缺点和大危险吗？

我再举现在人人嘴里挂着的"过激主义"做一个例：现在中国有几个人知道这一个名词做何意义？但是大家都痛恨痛骂"过激主义"，内务部下令严防"过激主义"，曹锟①也行文严禁"过激主义"，卢永祥②也出示查禁"过激主义"。前两个月，北京有几个老官僚在酒席上叹气，说"不好了，过激派到了中国了"。前两天有一个小官僚，看见我写的一把扇子，大诧异道："这不是过激党胡适吗？"哈哈，这就是"主

---

① 曹锟(1862—1938)：北洋直系军阀首领。
② 卢永祥(1867—1933)：北洋皖系军阀。

义"的用处!

我因为深觉得高谈主义的危险,所以我现在奉劝新舆论界的同志道:"请你们多提出一些问题,少谈一些纸上的主义。"

更进一步说:"请你们多多研究这个问题如何解决,那个问题如何解决,不要高谈这种主义如何新奇,那种主义如何奥妙。"

现在中国应该赶紧解决的问题,真多得很。从人力车夫的生计问题,到大总统的权限问题;从卖淫问题到卖官卖国问题;从解散安福部问题到加入国际联盟问题;从女子解放问题到男子解放问题;……那一个不是火烧眉毛的紧急问题?

我们不去研究人力车夫的生计,却去高谈社会主义;不去研究女子如何解放,家庭制度如何救正,却去高谈公妻主义和自由恋爱;不去研究安福部如何解散,不去研究南北问题如何解决,却去高谈无政府主义;我们还要得意扬扬夸口道,我们所谈的是根本"解决"。老实说罢,这是自欺欺人的梦话,这是中国思想界破产的铁证,这是中国社会改良的死刑宣告!

为什么谈主义的人那么多,为什么研究问题的人那么少呢?这都由于一个懒字。懒的定义是避难就易。研究问题是极困难的事,高谈主义是极容易的事。比如研究安福部如何解散,研究南北和议如何解决,这都是要费工夫,挖心血,收集材料,征求意见,考察情形,还要冒险吃苦,方才可以得一种解决的意见。又没有成例可援,又没有黄梨洲、柏拉图的话可引,又没有《大英百科全书》可查,全凭研究考察的工夫:这岂不是难事吗?高谈"无政府主义"便不同了。买一两本实社《自由录》,看一两本西文无政府主义的小册子,再翻一翻《大英百科全书》,便可以高谈无忌了:这岂不是极容易的事吗?

高谈主义,不研究问题的人,只是畏难求易,只是懒。

凡是有价值的思想,都是从这个那个具体的问题下手的。先研究了问题的种种方面的种种的事实,看看究竟病在何处,这是思想的第一步工夫。然后根据于一生经验学问,提出种种解决的方法,提出种种医药的丹方,这是思想的第二步工夫。然后用一生的经验学问,加上想象的能力,推想每一种假定的解决法,该有什么样的效果,推想这种效果是否真能解决眼前这个困难问题。推想的结果,拣定一种假定的解决,认为我的主张,这是思想的第三步工夫。凡是有价值的主张,都是先经过这三步工夫来的。不如此,不算舆论家,只可算是抄书手。

读者不要误会我的意思。我并不是劝人不研究一切学说和一切"主义"。学理是我们研究问题的一种工具。没有学理做工具,就如同王阳明对着竹子痴坐,妄想"格物",那是做不到的事。种种学说和主义,我们都应该研究。有了许多学理做材料,见了具体的问题,方才能寻出一个解决的方法。但是我希望中国的舆论家,把一切"主义"摆在脑背后,做参考资料,不要挂在嘴上做招牌,不要叫一知半解的人拾了这些半生不熟的主义去做口头禅。

"主义"的大危险,就是能使人心满意足,自以为寻着包医百病的"根本解决",从此用不着费心力去研究这个那个具体问题的解决法了。

民国八年七月。

(原载于 1919 年 8 月 24 日《新生活》第 1 期,署名适之。后收入《胡适文存》。)

新生活

——为《新生活》杂志第一期做的

哪样的生活可以叫做新生活呢?

我想来想去,只有一句话。新生活就是有意思的生活。

你听了,必定要问我,有意思的生活又是什么样子的生活呢?

我且先说一两件实在的事情做个样子,你就明白我的意思了。

前天你没有事做,闲的不耐烦了,你跑到街上一个小酒店里,打了四两白干,喝完了,又要四两,再添上四两。喝的大醉了,同张大哥吵了一回嘴,几乎打起架来。后来李四哥来把你拉开,你气忿忿的又要了四两白干,喝的人事不知,幸亏李四哥把你扶回去睡了。昨儿早上,你酒醒了,大嫂子把前天的事告诉你,你懊悔的很,自己埋怨自己:"昨儿为什么要喝那么多酒呢? 可不是糊涂吗?"

你赶上张大哥家去,作了许多揖,赔了许多不是,自己怪自己糊涂,请张大哥大量包涵。正说时,李四哥也来了,王三哥也来了。他们三缺一,要你陪他们打牌。你坐下来,打了十二圈,输了一百多吊钱。你回得家来,大嫂子怪你不该赌博,你又懊悔的很,自己怪自己道:"是呵,我为什么要陪他们打牌呢? 可不是糊涂吗?"

诸位,像这样子的生活,叫做糊涂生活,糊涂生活便是没有意思的生活。你做完了这种生活,回头一想,"我为什么要这样干呢?"你自己也答不出究竟为什么。

诸位,凡是自己说不出"为什么这样做"的事,都是没有意思的生活。

反过来说,凡是自己说得出"为什么这样做"的事,都可以说是有意思的生活。

生活的"为什么",就是生活的意思。

人同畜生的分别,就在这个"为什么"上。你到万牲园里去看那白熊一天到晚摆来摆去不肯歇,那就是没有意思的生活。我们做了人,应该不要学那些畜生的生活。畜生的生活只是胡混,只是不晓得自己为什么如此做。一个人做的事应该件件事答得出一个"为什么"。

我为什么要干这个? 为什么不干那个? 回答得出,方才可算是一个人的生活。

我们希望中国人都能过这种有意思的新生活。其实这种新生活并不十分难,只消时时刻刻问自己为什么这样做,为什么不那样做,就可以渐渐的过到我们所说的新生活了。

诸位,千万不要说"为什么"这三个字是很容易的小事。你打今天起,每做一件事,便问一个为什么,——为什么不把辫子剪了? 为什么不把大姑娘的小脚放了? 为什么大嫂子脸上搽那么多的脂粉? 为什么出棺材要用那么多叫化子？为什么娶媳妇也要用那么多叫化子？为什么骂人要骂他的爹妈？为什么这个？为什么那个？——你试办一两天，你就会觉得这三个字的趣味真是无穷无尽，这三个字的功用也无穷无尽。

诸位，我们恭恭敬敬的请你们来试试这种新生活。

民国八年八月。

（原载于1919年8月24日《新青年》第1期，署名适之。后收入《胡适文存》。）

名　教

中国是个没有宗教的国家,中国人是个不迷信宗教的民族。——这是近年来几个学者的结论。有些人听了很洋洋得意,因为他们觉得不迷信宗教是一件光荣的事。有些人听了要做愁眉苦脸,因为他们觉得一个民族没有宗教是要堕落的。

于今好了,得意的也不可太得意了,懊恼的也不必懊恼了。因为我们新发现中国不是没有宗教的:我们中国有一个很伟大的宗教。

孔教早倒霉了,佛教早衰亡了,道教也早冷落了。然而我们却还有我们的宗教。这个宗教是什么教呢? 提起此教,大大有名,他就叫做"名教"。

名教信仰什么? 信仰"名"。

名教崇拜什么? 崇拜"名"。

名教的信条只有一条:"信仰名的万能。"

"名"是什么?这一问似乎要做点考据。《论语》里孔子说,"必也正名乎",郑玄注:

> 正名,谓正书字也。古者曰名,今世曰字。

《仪礼》"聘礼"注:

> 名,书文也。今谓之字。

《周礼》"大行人"下注:

> 书名,书文字也。古曰名。

《周礼》"外史"下注:

> 古曰名,今曰字。

《仪礼》"聘礼"的释文说:

> 名,谓文字也。

总括起来,"名"即是文字,即是写的字。

"名教"便是崇拜写的文字的宗教;便是信仰写的字有神力,有魔力的宗教。

这个宗教,我们信仰了几千年,却不自觉我们有这样一个伟大宗教。不自觉的缘故正是因为这个宗教太伟大了,无往不在,无所不包,就如同空气一样,我们日日夜夜在空气里生活,竟不觉得空气的存在了。

现在科学进步了,便有好事的科学家去分析空气是什么,便也有好事的学者去分析这个伟大的名教。

民国十五年有位冯友兰先生发表一篇很精辟的《名教之分析》。(《现代评论》第二周年纪念增刊,页一九四——一九六。)冯先生指出"名教"便是崇拜名词的宗教,是崇拜名词所代表的概念的宗教。

冯先生所分析的还只是上流社会和知识阶级所奉的"名教",它的势力虽然也很伟大,还算不得"名教"的最重部分。

这两年来,有位江绍原先生在他的"礼部"职司的范围内,发现了不少有趣味的材料,陆续在《语丝》、《贡献》几种杂志上发表。他同他的朋友们收的材料是细大不捐,雅俗无别的;所以他们的材料使我们渐渐明白我们中国民族崇奉的"名教"是个什么样子。

究竟我们这个贵教是个什么样子呢?且听我慢慢道来。

先从一个小孩生下地说起。古时小孩生下地之后,要请一位专门术家来听小孩的哭声,声中某律,然后取名字。(看江绍原《小品》百六八,《贡献》第八期,页二四。)现在的民间变简单了,只请一个算命的,排排八字,看他缺少五行之中的那行。若缺水,便取个水旁的名字;若缺金,便取个金旁的名字。若缺火又缺土的,我们徽州人便取个"灶"字。名字可以补气禀的缺陷。

小孩命若不好,便把他"寄名"在观音菩萨的座前,取个和尚式的"法名",便可以无灾无难了。

小孩若爱啼啼哭哭,睡不安宁,便写一张字帖,贴在行人小便的处所,上写着:

> 天皇皇,地皇皇,我家有个夜哭郎。
> 过路君子念一遍,一夜睡到大天光。

文字的神力真不少。

小孩跌了一跤,受了惊骇,那是骇掉了"魂"了,须得"叫魂"。魂怎么叫呢?到那跌跤的地方,撒把米,高叫小孩子的名字,一路叫回家。叫名便是叫魂了。

小孩渐渐长大了,在村学堂同人打架,打输了,心里恨不过,便拿一条柴炭,在墙上写着诅咒他的仇人的标语:"王阿三热病打死。"他写了几遍,心上的气便平了。

他的母亲也是这样。她受了隔壁王七嫂的气,便拿一把菜刀,在刀板上剁,一面剁,一面喊"王七老婆"的名字,这便等于刮剁王七嫂了。

他的父亲也是"名教"的信徒。他受了王七哥的气,打又打他不过,只好破口骂他,骂他的爹妈,骂他的妹子,骂他的祖宗十八代。骂了便算出了气了。

据江绍原先生的考察,现在这一家人都大进步了。小孩在墙上会写"打倒阿毛"了。他妈也会喊"打倒周小妹"了。他爸爸也会贴"打倒王庆来"了。(《贡献》第九期;江绍原《小品》百七八。)

他家里人口不平安,有病的,有死的。这也有好法子。请个道士来,画几道符,大门口上贴一张,房门上贴一张,毛厕上也贴一张,病鬼便都跑掉了,再不敢进门了。画符自然是"名教"的重要方法。

死了的人又怎么办呢？请一班和尚来,念几卷经,便可以超度死者了。念经自然也是"名教"的重要方法。符是文字,经是文字,都有不可思议的神力。

死了人,要"点主"。把神主牌写好,把那"主"字上头的一点空着,请一位乡绅来点主。把一只雄鸡头上的鸡冠切破,那位赵乡绅把朱笔蘸饱了鸡冠血,点上"主"字。从此死者灵魂遂凭依在神主牌上了。

吊丧须用挽联,贺婚贺寿须用贺联;讲究的送幛子,更讲究的送祭文寿序,都是文字,都是"名教"的一部分。

豆腐店的老板梦想发大财,也有法子。请村口王老师写副门联:"生意兴隆通四海,财源茂盛达三江。"这也可以过发财的瘾了。

赵乡绅也有他的梦想,所以他也写副门联:"总集福荫,备致嘉祥。"

王老师虽是不通,虽是下流,但他也得写一副门联:"文章华国,忠孝传家。"

豆腐店老板心里还不很满足,又去请王老师替他写一个大红春帖:"对我生财",贴在对面墙上,于是他的宝号就发财的样子十足了。

王老师去年的家运不大好,所以他今年元旦起来,拜了天地,洗净手,拿起笔来,写个红帖子:"戊辰发笔,添丁进财。"他今年一定时运大来了。

父母祖先的名字是要避讳的。古时候,父名晋,儿子不得应进士考试。现在宽的多了,但避讳的风俗还存在一般社会里。皇帝的名字现在不避讳了。但孙中山死后,"中山"尽管可用作学校地方或货品的名称,"孙文"便很少人用了;忠实同志都应该称他为"先总理"。

南京有一个大学,为了改校名,闹了好几次大风潮,有一次竟把校名牌子抬了送到大学院去。

北京下来之后,名教的信徒又大忙了。北京已改作"北平"了;今天又有人提议改南京做"中京"了。还有人郑重提议"故宫博物馆"应该改作"废宫博物院"。将来这样大改革的事业正多呢。

前不多时,南京的《京报附刊》的画报上有一张照片,标题是"军事委员会政治训练部宣传处艺术科写标语之忙碌"。图上是五六个中山装的青年忙着写标语,桌上,椅背上,地板上,满铺着写好了的标语,有大字,有小字,有长句,有短句。

这不过是"写"的一部分工作;还有拟标语的,有讨论审定标语的,还有贴标语的。

五月初济南事件发生以后,我时时往来淞沪铁路上,每一次四十分钟的旅行所见的标语总在一千张以上;出标语的机关至少总在七八十个以上。有写着"枪毙田中义一"的,有写着"活埋田中义一"的,有写着"杀尽矮贼"而把"矮贼"两字倒转来写,如报纸上寻人广告倒写的"人"字一样。"人"字倒写,人就会回来了;"矮贼"倒字,矮贼也就算打倒了。

现在我们中国已成了口号标语的世界。有人说,这是从苏俄学来的法子。这是很冤枉的。我前年在莫斯科住了三天,就没有看见墙上有一张标语。标语是道地的国货,是"名教"国家的祖传法宝。

试问墙上贴一张"打倒帝国主义",同墙上贴一张"对我生财"或"抬头见喜",有什么分别? 是不是一个师父传授的衣钵?

试问墙上贴一张"活埋田中义一",同小孩子贴一张"雷打王阿毛",有什么分别? 是不是一个师父传授的法宝?

试问"打倒唐生智"、"打倒汪精卫",同王阿毛贴的"阿发黄病打死",有什么分别?王阿毛尽够做老师了,何须远学莫斯科呢?

自然,在党国领袖的心目中,口号标语是一种宣传的方法,政治的武器。但在中小学生的心里,在第九十九师十五连第三排的政治部人员的心里,口号标语便不过是一种出气泄愤的法子罢了。如果"打倒帝国主义"是标语,那么,第十区的第七小学为什么不可贴"杀尽矮贼"的标语呢?如果"打倒汪精卫"是正当的标语,那么"活埋田中义一"为什么不是正当的标语呢?

如果多贴几张"打倒汪精卫"可以有效果,那么,你何以见得多贴几张"活埋田中义一"不会使田中义一打个寒噤呢?

故从历史考据的眼光看来,口号标语正是"名教"的正传嫡派。因为在绝大多数人的心里,墙上贴一张"国民政府是为全民谋幸福的政府"正等于门上写一条"姜太公在此",有灵则两者都应该有灵,无效则两者同为废纸而已。

我们试问,为什么豆腐店的张老板要在对门墙上贴一张"对我生财"?岂不是因为他天天对着那张纸可以过一点发财的瘾吗?为什么他元旦开门时嘴里要念"元宝滚进来"?岂不是因为他念这句话时心里感觉舒服吗?

要不然,只有另一个说法,只可说是盲从习俗,毫无意义。张老板的祖宗传下来每年都贴一张"对我生财",况且隔壁剃头店门口也贴了一张,所以他不能不照办。

现在大多数喊口号,贴标语的,也不外这两种理由:一是心理上的过瘾,一是无意义的盲从。

少年人抱着一腔热沸的血,无处发泄,只好在墙上大书"打倒卖国贼",或"打倒日本帝国主义"。写完之后,那二尺见方的大字,那颜鲁公的书法,个个挺出来,好生威武,他自己看着,血也不沸了,气也稍稍平了,心里觉得舒服的多,可以坦然回去休息了。于是他的一腔义愤,不曾收敛回去,在他的行为上与人格上发生有益的影响,却轻轻地发泄在墙头的标语上面了。

这样的发泄感情,比什么都容易,既痛快,又有面子,谁不爱做呢?一回生,二回熟,便成了惯例了,于是"五一"、"五三"、"五四"、"五七"、"五九"、"六三"……都照样做去:放一天假,开个纪念会,贴无数标语,喊几句口号,就算做了纪念了!

于是月月有纪念,周周做纪念周,墙上处处是标语,人人嘴上有的是口号。于是老祖宗几千年相传的"名教"之道遂大行于今日,而中国遂成了一个"名教"的国家。

我们试进一步,试问,为什么贴一张"雷打王阿毛"或"枪毙田中义一"可以发泄我们的感情,可以出气泄愤呢?

这一问便问到"名教"的哲学上去了。这里面的奥妙无穷,我们现在只能指出几个有趣味的要点。

第一,我们的古代老祖宗深信"名"就是魂,我们至今不知不觉地还逃不了这种古老迷信的影响。"名就是魂"的迷信是世界人类在幼稚时代同有的。埃及人的第八魂就是"名魂"。我们中国古今都有此迷信。《封神演义》上有个张桂芳能够"呼名落马";他只叫一声"黄飞虎还不下马,更待何时!"黄飞虎就滚下五色神牛了。不幸张桂芳遇见了哪吒,喊来喊去,哪吒立在风火轮上不滚下来,因为哪吒是莲花化身,没有魂的。《西游记》上有个银角大王,他用一个红葫芦,叫一声"孙行者",孙行者答应一声,就被装进去了。后来孙行者逃出来,又来挑战,改名叫"行者孙",答应了一声,也就被装了进去!因为有名就有魂了。(参看《贡献》八期,江绍原《小品》百五四。)民间"叫魂",只是叫名字,因为叫名字就是叫魂了。因为如此,所以小孩在墙上写"鬼捉王阿毛",便相信鬼真能把阿毛的魂捉去。党部中人制定"打倒汪精卫"的标语,虽未必相信"千夫所指,无病自死";但那位贴"枪毙田中"的小学生却难保不知不觉地相信他有咒死田中的功用。

第二,我们的古代老祖宗深信"名"(文字)有不可思议的神力,我们也免不了这种迷信的影响。这也是幼稚民族的普通迷信,高等民族也往往不能免除。《西游记》上如来佛写了"唵嘛呢叭咪吽"六个字,便把孙猴子压住了一千年。观音菩萨念一个"唵"字咒语,便有诸神来见。他在孙行者手心写一个"咪"字,就可以引红孩儿去受擒。小说上的神仙妖道作法,总是"口中念念有词"。一切符咒,都是有神力的文字。现在有许多人真相信多贴几张"打倒军阀"的标语便可以打倒张作霖了。他们若不信这种神力,何以不到前线去打仗,却到吴淞镇的公共厕所墙上张贴"打倒张作霖"的标语呢?

第三,我们的古代圣贤也曾提倡一种"理智化"了的"名"的迷信,几千年来深入人心,也是造成"名教"的一种大势力。卫君要请孔子去治国,孔老先生却先要"正名"。他恨极了当时的乱臣贼子,却又"手无斧柯,奈龟山何!"所以他只好做一部《春秋》来褒贬他们:"一字之贬,严于斧钺;一字之褒,荣于华衮。"这种思想便是古代所谓"名分"的观念。尹文子说:

> 善名命善,恶名命恶。故善有善名,恶有恶名。……今亲贤而疏不肖,赏善而罚恶。贤不肖,善恶之名宜在彼;亲疏赏罚之称宜

属我。……"名"宜属彼,"分"宜属我。我爱白而憎黑,韵商而舍徵,好膻而恶焦,嗜甘而逆苦。白黑商徵,膻焦甘苦,彼之"名"也;爱憎韵舍,好恶嗜逆,我之"分"也。定此名分,则万事不乱也。

"名"是表物性的,"分"是表我的态度的。善名便引起我爱敬的态度,恶名便引起我厌恨的态度。这叫做"名分"的哲学。"名教"、"礼教"便建筑在这种哲学的基础之上。一块石头,变作了贞节牌坊,便可以引无数青年妇女牺牲她们的青春与生命去博礼教先生的一篇铭赞,或志书"列女"门里的一个名字。"贞节"是"名",羡慕而情愿牺牲,便是"分"。女子的脚裹小了,男子赞为"美",诗人说是"三寸金莲",于是几万万的妇女便拼命裹小脚了。"美"与"金莲"是"名",羡慕而情愿吃苦牺牲,便是"分"。现在人说小脚"不美",又"不人道",名变了,分也变了,于是小脚的女子也得塞棉花,充天脚了。——现在的许多标语,大都有个褒贬的用意;宣传便是宣传这褒贬的用意。说某人是"忠实同志",便是教人"拥护"他。说某人是"军阀"、"土豪劣绅"、"反动"、"反革命"、"老朽昏庸",便是教人"打倒"他。故"忠实同志"、"总理信徒"的名,要引起"拥护"的分。"反动分子"的名,要引起"打倒"的分。故今日墙上的无数"打倒"与"拥护",其实都是要寓褒贬,定名分。不幸标语用的太滥了,今天要打倒的,明天却又在拥护之列了;今天的忠实同志,明天又变为反革命了。于是打倒不足为辱,而反革命有人竟以为荣。于是"名教"失其作用,只成为墙上的符箓而已。

两千年前,有个九十岁的老头子对汉武帝说:"为治不在多言,顾力行何如耳。"两千年后,我也要对现在的治国者说:

治国不在口号标语,顾力行何如耳。

一千多年前,有个庞居士,临死时留下两句名言:

> 但愿空诸所有。
> 慎勿实诸所无。

"实诸所无",如"鬼"本是没有的,不幸古代的浑人造出"鬼"名,更造出"无常鬼","大头鬼","吊死鬼"等等名,于是人的心里便像煞真有鬼了。我们对于现在的治国者,也想说:

> 但愿实诸所有。
> 慎勿实诸所无。

末了,我们也学时髦,编两句口号:

> 打倒名教!
> 名教扫地,中国有望!

十七,七,二。

(原载于1928年7月《新月》第1卷第5号,署名胡适。后收入《胡适文存三集》。)

写在孔子诞辰纪念之后

我们家乡有句俗话说:"做戏无法,出个菩萨。"编戏的人遇到了无法转变的情节,往往请出一个观音菩萨来解围救急。这两年来,中国人受了外患的刺激,颇有点手忙脚乱的情形,也就不免走上了"做戏无法,出个菩萨"的一条路。这本是人之常情。西洋文学批评史也有 deus ex machina 的话,译出来也可说"解围无计,出个上帝"。本年五月里美国奇旱,报纸上也曾登出旱区妇女孩子跪着祈祷求雨的照片。这都是穷愁呼天的常情,其可怜可恕,和今年我们国内许多请张天师求雨或请班禅喇嘛消灾的人,是一样的。

这种心理,在一般愚夫愚妇的行为上表现出来,是可怜而可恕的;但在一个现代政府的政令上表现出来,是可怜而不可恕的。现代政府的责任在于充分运用现代科学的正确知识,消极的防患除弊,积极的兴利惠民。这都是一点一滴的工作,一尺一步的旅程,这里面绝对没有一条捷径可以偷渡。然而我们观察近年我们当政的领袖好像都不免有一种"做戏无法，出个菩萨"的心理，想寻求一条救国的捷径，想用最简单的方法做到一种复兴的灵迹。最近政府忽然手忙脚乱的恢复了纪念孔子诞辰的典礼，很匆遽的颁布了礼节的规定。八月二十七日，全国都奉命举行了这个孔诞纪念的大典。在每年许多个先烈纪念日之中加上一个孔子诞辰的纪念日，本来不值得我们的诧异。然而政府中人说这是"倡导国民培养精神上之人格"的方法；舆论界的一位领袖也说："有此一举，诚足以奋起国民之精神，恢复民族的自信。"难道世间真有这样简便的捷径吗？

我们当然赞成"培养精神上之人格"，"奋起国民之精神，恢复民族的自信"。但是古人也曾说过："礼乐所由起，百年积德而后可兴也。"国民的精神，民族的信心，也是这样的；他的颓废不是一朝一夕之故，他的复兴也不是虚文口号所能做到的。"洙水桥前，大成殿上，多士济济，肃穆趋跄"（用八月二十七日《大公报》社论中语）；四方城市里，政客军人也都率领着官吏士民，济济跄跄的行礼，堂堂皇皇的演说，——礼成祭毕，纷纷而散，假期是添了一日，口号是添了二十句，演讲词是多出了几篇，官吏学生是多跑了一趟，然在精神的人格与民族的自信上，究竟有丝毫的影响吗？

那一天《大公报》的社论有这样一段议论：

> 最近二十年，世变弥烈，人欲横流，功利思想如水趋壑，不特仁义之说为俗诽笑，即人禽之判亦几以不明，民族的自尊心与自信力既已荡然无存，不待外侮之来，国家固早已濒于精神幻灭之域。

如果这种诊断是对的，那么，我们的民族病不过起于"最近二十年"，这样浅的病根，应该是很容易医治的了。可惜我们平日敬重的这位天津同业先生未免错读历史了。《官场现形记》和《二十年目睹之怪现状》描写的社会政治情形，不是中国的实情吗？是不是我们得把病情移前三十年呢？《品花宝鉴》以至《金瓶梅》描写的也不是中国的社会政治吗？这样一来，又得挪上三五百年了。那些时代，孔子是年年祭的，《论语》、《孝经》、《大学》是村学儿童人人读的，还有士大夫讲理学的风气哩！究竟那每年"洙水桥前，大成殿上，多士济济，肃穆趋跄"，曾何补于当时的惨酷的社会，贪污的政治？

我们回想到我们三十年前在村学堂读书的时候，每年开学是要向孔夫子叩头礼拜的；每天放学，拿了先生批点过的习字，是要向中堂（不一定有孔子像）拜揖然后回家的。至今回想起来，那个时代的人情风尚也未见得比现在高多少。在许多方面，我们还可以确定的说："最近二十年"比那个拜孔夫子的时代高明的多多了。这二三十年中，我们废除了三千年的太监，一千年的小脚，六百年的八股，四五百年的男娼，五千年的酷刑，这都没有借重孔子的力量。八月二十七那一天汪精卫先生在中央党部演说，也指出"孔子没有反对纳妾，没有反对蓄奴婢；如今呢，纳妾蓄奴婢，虐待之固是罪恶，善待之亦是罪恶，根本纳妾蓄奴婢便是罪恶"。汪先生的解说是："仁是万古不易的，而仁的内容与条件是与时俱进的。"这样的解说毕竟不能抹煞历史的事实。事实是"最近"几年中，丝毫没有借重孔夫子，而我们的道德观念已进化到承认"根本纳妾蓄奴婢便是罪恶"了。

平心说来，"最近二十年"是中国进步最速的时代；无论在知识上,道德上,国民精神上,国民人格上,社会风俗上,政治组织上,民族自信力上,这二十年的进步都可以说是超过以前的任何时代。这时期中自然也有不少的怪现状的暴露,劣根性的表现,然而种种缺陷都不能减损这二十年的总进步的净赢余。这里不是我们专论这个大问题的地方。但我们可以指出这个总进步的几个大项目:

第一,帝制的推翻。而几千年托庇在专制帝王之下的城狐社鼠,——一切妃嫔,太监,贵胄,吏胥,捐纳,——都跟着倒了。

第二,教育的革新。浅见的人在今日还攻击新教育的失败,但他们若平心想想旧教育是些什么东西,有些什么东西,就可以明白这二三十年的新教育,无论在量上或质上都比三十年前进步至少千百倍了。在消极方面,因旧教育的推倒,八股、骈文、律诗等等谬制都逐渐跟着倒了;在积极方面,新教育虽然还肤浅,然而常识的增加,技能的增加,文字的改革,体育的进步,国家观念的比较普遍,这都是旧教育万不能做到的成绩。(汪精卫先生前天曾说:"中国号称以孝治天下,而一开口便侮辱人的母亲,甚至祖宗妹子等。"试问今日受过小学教育的学生还有这种开口骂人妈妈妹子的国粹习惯吗?)

第三,家庭的变化。城市工商业与教育的发展使人口趋向都会,受影响最大的是旧式家庭的崩溃,家庭变小了,父母公婆与族长的专制威风减削了,儿女宣告独立了。在这变化的家庭中,妇女的地位的抬高与婚姻制度的改革是五千年来最重大的变化。

第四,社会风俗的改革。小脚,男娼,酷刑等等,我已屡次说过了。在积极方面,如女子的解放,如婚丧礼俗的新试验,如青年对于体育运动的热心,如新医学及公共卫生的逐渐推行,这都是古代圣哲所不曾梦见的大进步。

第五,政治组织的新试验。这是帝制推翻的积极方面的结果。二十多年的试验虽然还没有做到满意的效果,但在许多方面(如新式的司法,如警察,如军事,如胥吏政治之变为士人政治)都已明白的显出几千年来所未曾有的成绩。不过我们生在这个时代,往往为成见所蔽,不肯承认罢了。单就最近几年来颁行的新民法一项而论,其中含有无数超越古昔的优点,已可说是一个不流血的绝大社会革命了。

这些都是毫无可疑的历史事实,都是"最近二十年"中不曾借重孔夫子而居然做到的伟大的进步。革命的成功就是这些,维新的成绩也就是这些。可怜无数维新志士,革命仁人,他们出了大力,冒了大险,替国家民族在二三十年中做到了这样超越前圣,凌驾百王的大进步,到头来,被几句死书迷了眼睛,见了黑旋风不认得是李逵,反倒唉声叹气,发思古之幽情,痛昔今之不如古,梦想从那"荆棘丛生,檐角倾斜"的大成殿里抬出孔圣人来"卫我宗邦,保我族类"!这岂不是天下古今最可怪笑的愚笨吗?

文章写到这里,有人打岔道:"喂,你别跑野马了。他们要的是'国民精神上之人格,民族的自信'。在这'最近二十年'里,这些项目也有进步吗?不借重孔夫子,行吗?"

什么是人格?人格只是已养成的行为习惯的总和。什么是信心?信心只是敢于肯定一个不可知的将来的勇气。在这个时代,新旧势力,中西思潮,四方八面的交攻,都自然会影响到我们这一辈人的行为习惯,所以我们很难指出某种人格是某一种势力单独造成的。但我们可以毫不迟疑的说:这二三十年中的领袖人才,正因为生活在一个新世界的新潮流里,他们的人格往往比旧时代的人物更伟大;思想更透辟,知识更丰富,气象更开阔,行为更豪放,人格更崇高。试把孙中山来比曾国藩，我们就可以明白这两个世界的代表人物的不同了。在古典文学的成就上，在世故的磨练上，在小心谨慎的行为上，中山先生当然比不上曾文正。然而在见解的大胆，气象的雄伟，行为的勇敢上，那一位理学名臣就远不如这一位革命领袖了。照我这十几年来的观察，凡受这个新世界的新文化的震撼最大的人物，他们的人格都可以上比一切时代的圣贤，不但没有愧色，往往超越前人。老辈中，如高梦旦先生，如张之济先生，如蔡元培先生，如吴稚晖先生，如张伯苓先生；朋辈中，如周诒春先生，如李四光先生，如翁文灏先生，如姜蒋佐先生：他们的人格的崇高可爱敬，在中国古人中真寻不出相当的伦比。这种人格只有这个新时代才能产生，同时又都是能够给这个时代增加光耀的。

我们谈到古人的人格，往往想到岳飞、文天祥和晚明那些死在廷杖下或天牢里的东林忠臣。我们何不想想这二三十年中为了各种革命慷慨杀身的无数志士！那些年年有特别纪念日追悼的人们，我们姑且不论。我们试想想那些为排满革命而死的许多志士，那些为民十五六年的国民革命而死的无数青年，那些前两年中在上海在长城一带为抗日卫国而死的无数青年，那些为民十三年以来的共产革命而死的无数青年，——他们慷慨献身去经营的目标比起东林诸君子的目标来，其伟大真不可比例了。东林诸君子慷慨抗争的是"红丸"、"移宫"、"妖书"等等米米小的问题；而这无数的革命青年慷慨献身去工作的是全民族的解放，整个国家的自由平等，或他们所梦想的全人类社会的自由平等。我们想到了这二十年中为一个主义而从容杀身的无数青年，我们想起了这无数个"杀身成仁"中国青年，我们不能不低下头来向他们致最深的敬礼；我们不能不颂赞这"最近二十年"是中国史上一个精神人格最崇高,民族自信心最坚强的时代。他们把他们的生命都献给了他们的国家和他们的主义,天下还有比这更大的信心吗?

　　凡是诅咒这个时代为"人欲横流,人禽无别"的人,都是不曾认识这个新时代的人:他们不认识这二十年中国的空前大进步,也不认识这二十年中整千整万的中国少年流的血究竟为的是什么。

　　可怜的没有信心的老革命党啊!你们要革命,现在革命做到了这二十年的空前大进步,你们反不认得它了。这二十年的一点进步不是孔夫子之赐,是大家努力革命的结果,是大家接受了一个新世界的新文明的结果。只有向前走是有希望的。开倒车是不会成功的。

　　你们心眼里最不满意的现状,——你们所诅咒的"人欲横流,人禽无别",——只是任何革命时代所不能避免的一点附产物而已。这种现状的存在,只够证明革命还没有成功,进步还不够。孔圣人是无法帮忙的;开倒车也决不能引你们回到那个本来不存在的"美德造成的黄金世界"的!养个孩子还免不了肚痛,何况改造一个国家,何况改造一个文化?别灰心了,向前走吧!

二十三,九,三夜。

（原载于1934年9月8日《独立评论》第117号,署名胡适。后收入《胡适论学近著》。）

论文说诗

文学者,随时代而变迁者也。一时代有一时代之文学:周秦有周秦之文学,汉魏有汉魏之文学,唐宋元明有唐宋元明之文学。此非吾一人之私言,乃文明进化之公理也。

为什么读书

青年会叫我在未离南方赴北方之前在这里谈谈，我很高兴，题目是为什么读书。现在读书运动大会，开始，青年会拣定了三个演讲题目。我看第二题目怎样读书很有兴味，第三题目读什么书，更有兴味，第一题目无法讲，为什么读书，连小孩子都知道，讲起来很难为情，而且也讲不好。所以我今天讲这个题目，不免要侵犯其余两个题目的范围，不过我仍旧要为其余两位演讲的人留一些余地。现在我就把这个题目来试一下看。我从前也有过一次关于读书的演讲，后来我把那篇演讲录略事修改，编入三集《文存》里面，那篇文章题目叫做《读书》，其内容性质较近于第二题目，诸位可以拿来参考。今天我就来试试《为什么读书》这个题目。

从前有一位大哲学家，做了一篇读书乐，说到读书的好处，他说："书中自有千钟粟，书中自有黄金屋，书中自有颜如玉。"这意思就是说，读了书可以做大官，获厚禄，可以不至于住茅草房子，可以娶得年轻的漂亮太太（台下哄笑）。诸位听了笑起来，足见诸位对于这位哲学家所说的话不十分满意，现在我就讲所以要读书的别的原因。

为什么要读书？有三点可以讲：第一，因为书是过去已经知道的知识学问和经验的一种记录，我们读书便是要接受这人类的遗产；第二，为要读书而读书，读了书便可以多读书；第三，读书可以帮助我们解决困难，应付环境，并可获得思想材料的来源。我一踏进青年会的大门，就看见许多关于读书的标语。为什么读书？大概诸位看了这些标语就都已知道了，现在我就把以上三点更详细的说一说。

第一，因为书是代表人类老祖宗传给我们的知识的遗产，我们接受了这遗产，以此为基础，可以继续发扬光大，更在这基础之上，建立更高深更伟大的知识。人类之所以与别的动物不同，就是因为人有语言文字，可以把知识传给别人，又传至后人，再加以印刷术的发明，许多书报便印了出来。人的脑很大，与猴不同，人能造出语言，后来更进一步而有文字，又能刻木刻字，所以人最大的贡献就是过去的知识和经验，使后人可以节省许多脑力。非洲野蛮人在山野中遇见鹿，他们就画了一个人和一只鹿以代信，给后面的人叫他们勿追。但是把知识和经验遗给儿孙有什么用处呢？这是有用处的，因为这是前人很好的教训。现在学校里各种教科，如物理、化学、历史、等等，都是根据几千年来进步的知识编纂成书的，一年、两年、或者三年，教完一科。自小学、中学、而至大学毕业，这十六年中所受的教育，都是代表我们老祖宗几千年来得来的知识学问和经验，所谓进化，就是叫人节省劳力，蜜蜂虽能筑巢，能发明，但传下来就只有这一点知识，没有继续去改革改良，以应付环境，没有做格外进一步的工作。人呢，达不到目的，就再去求进步,而以前人的知识学问和经验作参考。如果每样东西,要个个人从头学起,而不去利用过去的知识,那不是太麻烦吗?所以人有了这知识的遗产,就可以自己去成家立业,就可以缩短工作,使有余力做别的事。

第二点稍复杂,就是为读书而读书。读书不是那么容易的一件事情,不读书不能读书,要能读书才能多读书。好比戴了眼镜,小的可以放大,糊涂的可以看得清楚,远的可以变为近。读书也要戴眼镜。眼镜越好,读书的了解力也越大。王安石对曾子固说:

读经而已,则不足以知经。

所以他对于《本草》《内经》,小说,无所不读,这样对于经才可以明白一些。王安石说:

致其知而后读。

请你们注意,他不说读书以致知,却说,先致知而后读书。读书固然可以扩充知识;但知识越扩充了,读书的能力也越大。这便是"为读书而读书"的意义。

试举《诗经》作一个例子。从前的学者把《诗经》看作"美""刺"的圣书,越讲越不通。现在的人应该多预备几副好眼镜,——民俗学的眼镜,社会学的眼镜,人类学的眼镜,考古学的眼镜,文法学的眼镜,文学的眼镜。眼镜越多越好,越精越好。例如"野有死麕,白茅包之。有女怀春,吉士诱之";我们若知道比较民俗学,便可以知道打了野兽送到女子家去求婚,是平常的事。又如"钟鼓乐之,琴瑟友之",也不必说什么文王太姒,只可看作少年男子在女子的门口或窗下奏乐唱和,这也是很平常的事。再从文法方面来观察,像《诗经》里"之子于归","黄鸟于飞","凤凰于飞"的"于"字,此外,《诗经》里又有几百个的"维"字;还有许多"助词","语词",这些都是有作用而无意义的虚字,但以前的人却从未注意及此。这些字若不明白,《诗经》便不能懂。再说在《墨子》一书里,有点光学,力学;又有点逻辑,算学,几何学;又有点经济学。但你要懂得光学,才能懂得墨子所说的光;你要懂得各种知识,才能懂得《墨子》里一些最难懂的文句。总之,读书是为了要读书,多读书更可以读书。最大的毛病就在怕读书,怕读难书。越难读的书我们越要征服它们,把它们作为我们的奴隶或向导,我们才能够打倒难书,这才是我们的"读书乐"。若是我们有了基本的科学知识,那末,我们在读书时便能左右逢源。我再说一遍,读书的目的在于读书,要读书越多才可以读书越多。

第三点,读书可以帮助解决困难,应付环境,供给思想材料。知识是思想材料的来源。思想可分作五步。思想的起源是大的疑问。吃饭拉屎不用想,但逢着三岔路口,十字街头那样的环境,就发生困难了。走东或走西,这样做或是那样做,有了困难,才有思想。第二步要把问题弄清,究竟困难在哪一点上。第三步才想到如何解决,这一步,俗话叫做出主意。但主意太多,都采用也不行,必须要挑选。但主意太少,或者竟全无主意,那就更没有办法了。第四步就是要选择一个假定的解决方法。要想到这一个方法能不能解决。若不能,那末,就换一个;若能,就行了。这好比开锁,这一个钥匙开不开,就换一个;假定是可以开的,那末,问题就解决了。第五步就是证实。凡是有条理的思想都要经过这五步,或是逃不了这五个阶级。科学家要解决问题,侦探要侦探案件,多经过这五步。

这五步之中,第三步是最重要的关键。问题当前,全靠有主意(Ideas)。主意从哪儿来呢?从学问经验中来。没有知识的人,见了问题,两眼白瞪瞪,抓耳挠腮,一个主意都不来。学问丰富的人,见着困难问题,东一个主意,西一个主意,挤上来,涌上来,请求你录用。读书是过去知识学问经验的记录,而知识学问经验就是要用在这时候,所谓养军千日,用在一朝。否则,学问一些都没有,遇到困难就要糊涂起来。例如达尔文把生物变迁现象研究了几十年,却想不出一个原则去整理他的材料。后来无意中看到马尔萨斯的人口论,说人口是按照几何学级数一倍一倍的增加,粮食是按照数学级数增加,达尔文研究了这原则,忽然触机,就把这原则应用到生物学上去,创了物竞天择的学说。读了经济学的书,可以得着一个解决生物学上的困难问题,这便是读书的功用。古人说:"开卷有益",正是此意。读书不是单为文凭功名,只因为书中可以供给学问知识,可以帮助我们解决困难,可以帮助我们思想。又譬如从前的人以为地球是世界的中心,后来天文学家科白尼却主张太阳是世界的中心,地球绕着而行。据罗素说,科白尼所以这样的解说,是因为希腊人已经讲过这句话;假使希腊没有这句话,恐怕更不容易有人敢说这句话吧。这也是读书的好处。有一家书店印了一部旧小说叫做《醒世姻缘》,要我作序。这部书是西周生所著的,印好在我家藏了六年,我还不曾考出西周生是谁,这部小说讲到婚姻问题,其内容是这样:有个好老婆,不知何故,后来忽然变坏,作者没有提及解决方法,也没有想到可以离婚,只说是前世作孽,因为在前世男虐待女,女就投生换样子,压迫者变为被压迫者。这种前世作孽,起先相爱,后来忽变的故事,我仿佛什么地方看见过。后来忽然想起《聊斋》一书中有一篇和这相类似的笔记,也是说到一个女子,起先怎样爱着她的丈夫,后来怎样变为凶太太,便想到这部小说大约是蒲留仙或是蒲留仙的朋友做的。去年我看到一本杂记,也说是蒲留仙做的,不过没有多大证据。今年我在北京,才找到证据。这一件事可以解释刚才我所说的第二点,就是读书可以帮助读书,同时也可以解释第三点,就是读书可以供给出主意的来源。当初若是没有主意,到了逢着困难时便要手足无措,所以读书可以解决问题,就是军事,政治,财政,思想等问题,也都可以解决,这就是读书的用处。

我有一位朋友,有一次傍着灯看小说,洋灯装有油,但是不亮,因为灯心短了。于是他想到《伊索寓言》里有一篇故事,说是一只老鸦要喝瓶中的水,因为瓶太小,得不到水,它就衔石投瓶中,水乃上来,这位朋友是懂得化学的,于是加水于灯中,油乃碰到灯心。这是看《伊索寓言》给他看小说的帮助。读书好像用兵,养兵求其能用,否则即使坐拥十万二十万的大兵也没有用处,难道只好等他们"兵变"吗?

至于"读什么书",下次陈钟凡先生要讲演,今天我也附带的讲一讲。我从五岁起到了四十岁,读了三十五年的书。我可以很诚恳的说,中国旧籍是经不起读的。中国有五千年文化,四部的书已是汗牛充栋。究竟有几部书应该读,我也曾经想过。其中有条理有系统的精心结构之作,二千五百年以来恐怕只有半打。"集"是杂货店,"史"和"子"还是杂货店。至于"经",也只是杂货店,讲到内容,可以说没有一些东西可以给我们改进道德增进知识的帮助的。中国书不够读,我们要另开生路,辟殖民地,这条生路,就是每一个少年人必须至少要精通一种外国文字。读外国语要读到有乐而无苦,能做到这地步,书中便有无穷乐趣。希望大家不要怕读书,起初的确要查阅字典,但假使能下一年苦功,继续不断做去,那末,在一二年中定可开辟一个乐园,还只怕求知的欲望太大,来不及读呢。我总算是老大哥,今天我就根据我过去三十五年读书的经验,给你们这一个临别的忠告。

(本文为1930年11月下旬胡适在上海青年会的演讲,文稿经胡适校正,原载1930年12月至1931年2月《现代学生》第1卷第3、5期)

科学的人生观

今天讲的题目,就是"科学的人生观",研究人是什么东西?在宇宙中占据什么地位?人生究竟有何意味?因为少年人近来觉得很烦闷,自杀、颓废的都有,我比较至少多吃了几斤盐、几担米,所以来计划计划,研究自身人的问题。至于人生观,各人不同,都随环境而改变,不可以一个人的人生观去统理一切;因为公有公理,婆有婆理,我们至少要以科学的立场,去研究它,解决它。"科学的人生观"有两个意思:第一拿科学做人生观的基础;第二拿科学的态度、精神、方法,做我们生活的态度、生活的方法。

现在先讲第一点,就是人生是什么?人生是啥物事?拿科学的研究结果来讲,我在民国十二年发表了十条,这十条就是武昌有一个主教,称为新的"十诫",说我是中华基督教的危险物的。十条内容如下:

(一)要知道空间的大。拿天文、物理考察,得着宇宙之大;从前孙行者翻筋斗,一翻翻到南天门,一翻翻到下界,天的观念,何等的小?现在从地球到银河中间的最近的一个星,中间距离,照孙行者一秒钟翻十万八千里的速率计算,恐怕翻一万万年也翻不到,宇宙是何等的大?地球是宇宙间的沧海之一粟,九牛之一毛;我们人类,更是小,真是不成东西的东西!以前看得人的地位太重了,以为是万物之灵,同大地并行,凡是政治不良,就有彗星、地震的征象,这是错的。从前王充很能见得到,说,一个虱子不能改变那裤子里的空气,和那人类不能改变皇天一样。所以我们眼光要大。

(二)时间是无穷的长。从地质学、生物学的研究,晓得时间是无穷的长,以前开口五千年,闭口五千年,以为目空一切;不料世界太阳系的存在,有几万万年的历史,地球也有几万万年,生物至少有几千万年,人类也有二三百万年,所以五千年占很小的地位。明白了时间之长,就可以看见各种进步的演变,不是上帝一刻可以造成的。

(三)宇宙间自然的行动。根据了一切科学,知道宇宙、万物都有一定不变的自然行动。"自然自己,也是如此",就是自己自然如此,各物自己如此的行动,并没有一种背后的指示,或是一个主宰去规范他们。明白了这点,对于月食是月亮被天狗所吞的种种迷信,可以打破了。

(四)物竞天择的原理。从生物学的知识,可以看到"物竞天择"的原理。鲫鱼下卵有几百万个,但是变鱼的只有几个;否则就要变成"鱼世界"了!大的吃小的,小的又吃更小的,人类都是如此。从此晓得人生不受安排,是自己如此的行动;否则要安排起来,为什么不安排一个完善的世界呢?

(五)人是什么东西。从社会学、生理学、心理学方面去看,人是什么东西？吴稚晖先生说："人是两手一个大脑的动物，与其他的不同，只在程度上的区别罢了。"人类的手，与鸡、鸭的掌差不多，实是他们的弟兄辈。

（六）人类是演进的。根据了人种学来看，人类是演进的；因为要应付环境，所以要慢慢的变；不变不能生存，要灭亡了。所以从下等的动物，慢慢演进到高等的动物，现在还是演进。

（七）心理受因果律的支配。根据了心理学、生物学来讲，心理现状是有因果律的。思想、做梦，都受因果律的支配，是心理、生理的现象，和头痛一般；所以人的心理说是超过一切，是不对的。

（八）道德、礼教的变迁。照生理学、社会学来讲，人类道德、礼教也是变迁的。以前以为脚小是美观，但是现在脚小要装大了。所以道德、礼教的观念，正在改进。以二十年、二百年或两千年以前的标准，来判断二十年、二百年、两千年后的状况，是格格不相入的。

（九）各物都有反应。照物理、化学来讲，物质是活的，原子分为电子，是动的。石头倘然加了化学品，就有反应，像人打了一记，就有反动一样。不同的，只在程度不同罢了。

（十）人的不朽。根据一切科学知识，人是要死的，物质上的腐败，和猫死狗死一般。但是个人不朽的工作，是功德：在立德，立功，立言。善恶都是不朽。一块痰中，有微生物，这菌能散布到空间，使空气都恶化了；人的言语，也是一样。凡是功业、思想，都能传之无穷；匹夫匹妇，都有其不朽的存在。

我们要看破人世间、时间之伟大，历史的无穷，人是最小的动物，处处都在演进，要去掉那"小我"的主张，但是那小小的人类，居然现在对于制度、政治各种都有进步。

以前都是拿科学去答复一切，现在要用什么方法去解决人生，就是哪样生活？各人有各人的方法，但是，至少要有那科学的方法、精神、态度去做。分四点来讲：

（一）怀疑。三个弗相信的态度，人生问题就很多。有了怀疑的态度，就不会上当。以前我们幼时的知识，都从阿金、阿狗、阿毛等黄包车夫、娘姨处学来；但是现在自己要反省，问问以前的知识是否靠得住？

（二）事实。我们要实事求是，现在像贴贴标语，什么打倒田中义一等，都仅务虚名，像豆腐店里生意不好，看看"对我生财"泄闷一样。又像是以前的画符，一画符病就好的思想。贴了打倒帝国主义，帝国主义就真个打倒了么？这不对，我们应做切实的工作，奋力的做去。

（三）证据。怀疑以后，相信总要相信，但是相信的条件，就是拿凭据来。有了这一句，论理学诸书，都可以不读。赫胥黎的儿子死了以后，宗教家去劝他信教，但是他很坚决的说："拿有上帝的证据来！"有了这种态度，就不会上当。

（四）真理。朝夕的去求真理，不一定要成功，因为真理无穷，宇宙无穷；我们去寻求，是尽一点责任，希望在总分上，加上万万分之一。胜固是可喜，败也不足忧。明知赛跑只有一个人第一，我们还要跑去，不是为我为私，是为大家。发明不是为发财，是为人类。英国有一个医生，发明了一种治肺的药。但是因为自秘，就被医学会开除了。

所以科学家是为求真理。庄子虽有"吾生也有涯，而知也无涯，以有涯逐无涯，殆已"的话头，但是我们还要向上做去，得一分就是一分，一寸就是一寸，可以有亚基米特氏发现浮力时叫 Eureka 的快活。

有了这种精神,做人就不会失望。所以人生的意味,全靠你自己的工作;你要它圆就圆,方就方,是有意味;因为真理无穷,趣味无穷,进步快活也无穷尽。

(本文为1928年5月胡适在苏州青年会上的演讲,原载1928年6月1日至2日上海《民国日报·觉悟》副刊)

什么是文学
——答钱玄同

我尝说:"语言文字都是人类达意表情的工具;达意达的好,表情表的妙,便是文学。"

但是怎样才是"好"与"妙"呢?这就很难说了。我曾用最浅近的话说明如下:"文学有三个要件:第一要明白清楚,第二要有力能动人,第三要美。"

因为文学不过是最能尽职的语言文字,因为文学的基本作用(职务)还是"达意表情",故第一个条件是要把感情或意,明白清楚的表出达出,使人懂得,使人容易懂得,使人决不会误解。请看下例:

蘖坞芝房,一点中池。生来易惊。笑金钗卜就,先能断决;犀珠镇后,才得和平。楼响登难,房空怯最,三斗除非借酒倾。芳名早,唤狗儿吹笛,伴取歌声。

> 沉忱何事牵情？消不觉人前太息轻。怕残灯枕外，帘旌蝙拂；幽期夜半，窗户鸡鸣。愁髓频寒，回肠易碎，长是心头苦暗并。无边月，纵团圞如镜，难照分明。

这首《沁园春》是从《曝书亭集》卷二十八，页八，抄出来的。你是一位大学的国文教授，你可看得懂他"咏"的是什么东西吗？若是你还看不懂，那么，他就通不过这第一场"明白"（"懂得性"）的试验。他是一种玩意儿，连"语言文字"的基本作用都够不上，哪配称为"文学"！

懂得还不够。还要人不能不懂得；懂得了，还要人不能不相信，不能不感动。我要他高兴，他不能不高兴；我要他哭，他不能不哭；我要他崇拜我，他不能不崇拜我；我要他爱我，他不能不爱我。这是"有力"。这个，我可以叫他做"逼人性"。

我又举一例：

> 血府当归生地桃，
> 红花甘草壳赤芍，
> 柴胡芎桔牛膝等，
> 血化下行不作劳。

这是"血府逐瘀汤"的歌诀。这一类的文字，只有"记账"的价值，绝不能动人，绝没有"逼人"的力量，故也不能算文学。大多数的中国旧"文学"，如碑版文字，如平铺直叙的史传，都属于这一类。

> 我读齐鎛文，书阙乏左证。独取圣祀字，古谊藉以正。亲殇

> 称考妣,从女疑非敬。《说文》有祧字,乃训祀司命。此文两皇祧,配祖义相应。幸得三代物,可与浚长诤。……(李慈铭齐子中姜镈歌)

这一篇你(大学的国文教授)看了一定大略明白,但他决不能感动你,决不能使你有情感上的感动。

第三是"美"。我说,孤立的美,是没有的。美就是"懂得性"(明白)与"逼人性"(有力)二者加起来自然发生的结果。例如"五月榴花照眼明"一句,何以"美"呢?美在用的是"明"字。我们读这个"明"字不能不发生一树鲜明逼人的榴花的印象。这里面含有两个分子:(1)明白清楚,(2)明白之至,有逼人而来的"力"。

再看《老残游记》的一段:

> 那南面山上,一条白光,映着月色,分外好看。一层一层的山岭,却分辨不清;又有几片白云在里面,所以分不出是云是山。及至定睛看去,方才看出那是云那是山来。虽然云是白的,山也是白的,云有亮光,山也有亮光;只因为月在云上,云在月下,所以云的亮光从背后透过来。那山却不然的:山的亮光由月光照在山上,被那山上的雪反射过来,所以光是两样了。然只稍近的地方如此。那山望东去,越望越远,天也是白的,山也是白的,云也是白的,就分辨不出来。

这一段无论是何等顽固古文家都不能不承认是"美"。美在何处呢?也只有两个分子:第一是明白清楚;第二是明白清楚之至,故有逼人而来的影像。除了这两个分子之外,还有什么孤立的"美"吗?没有了。

你看我这个界说怎样?我不承认什么"纯文"与"杂文"。无论什么文(纯文与杂文,韵文与非韵文)都可分作"文学的"与"非文学的"两项。

(本篇最初收入上海亚东图书馆1921年5月初版《胡适文存》。)

《蕙的风》序

我的少年朋友汪静之把他的诗集《蕙的风》寄来给我看,后来他随时做的诗,也都陆续寄来。他的集子在我家里差不多住了一年之久;这一年之中,我觉得他的诗的进步着实可惊。他在一九二一,二,三,做的《雪花——棉花》,有这样的句子

> 你还以为我孩子瞎说吗?
> 你不信到门前去摸摸看,
> 那不是棉花?
> 那不是棉花是什么?
> 妈,你说这是雪花,
> 我说这是顶好的棉花,
> 比我们前天望见棉花铺子里的还好的多多。

……………

'这确是很幼稚的。但他在一年之后——一九二二,一,一八——做的《小诗》,如

> 我冒犯了人们的指谪,
> 一步一回头地瞟我意中人,
> 我怎样欣慰而胆寒呵。

这就是很成熟的好诗了。

我读静之的诗,常常有一个感想:我觉得他的诗在解放一方面比我们做过旧诗的人更彻底的多。当我们在五六年前提倡做新诗时,我们的"新诗"实在还不曾做到"解放"两个字,远不能比元人的小曲长套,近不能比金冬心的自度曲。我们虽然认清了方向,努力朝着"解放"做去,然而当日加入白话诗的尝试的人,大都是对于旧诗词用过一番工夫的人,一时不容易打破旧诗词的镣铐枷锁。故民国六七八年的"新诗",大部分只是一些古乐府式的白话诗,一些《击壤集》式的白话诗,一些词式和曲式的白话诗,——都不能算是真正新诗。但不久就有许多少年的"生力军"起来了。少年的新诗人之中,康白情俞平伯起来最早;他们受的旧诗的影响,还不算很深(白情《草儿》附的旧诗,很少好的),所以他们的解放也比较更容易。自由(无韵)诗的提倡,白情平伯的功劳都不小。但旧诗词的鬼影仍旧时时出现在许多"半路出家"的新诗人的诗歌里。平伯的《小劫》,便是一例:

云皎洁，我的衣，
霞烂缦，他的裙裾，
终古去敖翔，
随着苍苍的大气；
为什么要低头呢？
哀哀我们的无俦侣。
去低头！低头看——看下方；
看下方啊，吾心震荡；
看下方啊，
撕碎吾身荷芰的芳香。

这诗的音调，字面，境界，全是旧式诗词的影响。直到最近一两年内，又有一班少年诗人出来；他们受的旧诗词的影响更薄弱了，故他们的解放也更彻底。静之就是这些少年诗人之中的最有希望一个。他的诗有时未免有些稚气，然而稚气究竟远胜于暮气；他的诗有时未免太露，然而太露究竟远胜于晦涩。况且稚气总是充满着一种新鲜风味，往往有我们自命"老气"的人万想不到的新鲜风味。如静之的《月夜》的末章：

我那次关不住了，
就写封爱的结晶的信给伊。
但我不敢寄去，
怕被外人看见了；

>不过由我的左眼寄给右眼看,
>这右眼就代替伊了。……

这是稚气里独有的新鲜风味,我们"老"一辈的人只好望着歆羡了。我再举一个例:

>浪儿张开他的手腕,
>一叠一叠滚滚地拥挤着,
>搂着砂儿怪亲密地吻着。
>刚刚吻了一下,
>却被风推他回去了。
>他不忍去而去,
>似乎怒吼起来了。
>呀,他又刚愎愎地势汹汹地赶来了!
>他抱着那靠近砂边的小石塔,
>更亲密地用力接吻了。
>他爬上那小石塔了。
>雪花似的浪花碎了,——喷散着。
>笑了,他快乐的大声笑了,
>但是风又把他推回去了。
>海浪呀,
>你歇歇罢!
>你已经留给伊了——
>你的爱的痕迹统统留给伊了。

你如此永续地忙着,

也不觉得倦吗?

(《海滨》)

这里确有稚气,然而可爱呵,稚气的新鲜风味!

至于"太露"的话,也不能一概而论,诗固有浅深,到也不全在露与不露。李商隐一派的诗,吴文英一派的词,可谓深藏不露了,然而究竟遮不住他们的浅薄。《三百篇》里:

取彼谮人,

投畀豺虎;

豺虎不食,

投畀有北;

有北不受,

投畀有昊!

这是很露的了,然而不害其为一种深切的感情的表现。如果真有深厚的内容,就是直截流露的写出,也正不妨。古人说的"含蓄",并不是不求人解的不露,乃是能透过一层,反觉得直说直叙不能达出诗人的本意,故不能不脱略枝节,超过细目,抓住了一个要害之点,另求一个"深入而浅出"的方法。故论诗的深度,有三个阶段:浅入而浅出者为下,深入而深出者胜之,深入而浅出者为上。静之的诗,这三个境界都曾经过。如前年做的《怎敢爱伊》:

> 我本很爱伊，——
> 　　十二分爱伊。
> 我心里虽爱伊，
> 　　面上却不敢爱伊。
> 我倘若爱了伊，
> 　　怎样安置伊？
> 他不许我爱伊，
> 　　我怎敢爱伊？

这自然是受了我早年的诗的余毒，未免"浅入而浅出"的毛病。但同样题目，他去年另有一个写法：

> 愿你不要那般待我，
> 这是不得已的，
> 因你已被他霸占了。
> 我们别无什么，
> 只是光明磊落真诚恳挚的朋友；
> 但他总抱着无谓的疑团呢。
> 他不能了解我们，
> 这是怎样可憎的隔膜呀！
> 你给我的信——
> 里面还搁着你的真心——
> 已被他妒恨地撕破了
> …………

他凶残地怨责你，
不许你对我诉衷曲，
他冷酷地刻薄我，
我实难堪这不幸的遭际呀！
因你已被他霸占了，
这是不得已的，
愿你不要那般待我——
一定的，
一定不要呀！

(《非心愿的要求》)

这就是"深入而深出"的写法了。露是很露的，但这首诗究竟可算得一首赤裸裸的情诗。过了一年，他的见解似乎更进步了，他似乎能超过那笨重的事实了，所以他今年又换了一种写法：

我愿把人间的心，
一个个都聚拢来，
共总熔成了一个；
像月亮般挂在清的天上，
给大家看个明明白白。

我愿把人间的心，
一个个都聚拢来，
用仁爱的日光洗洁了；

> 重新送还给人们,
> 使误解从此消散了。

(《我愿》)

这种写法,可以算是"深入而浅出"的了。我不知别人读此诗作何感觉,但我读了此诗,觉得里面含有深刻的悲哀,觉得这种诗是"诗人之诗"了。

静之的诗,也有一些是我不爱读的。但这本集子里确然有很多的好诗。我很盼望国内读诗的人不要让脑中的成见埋没了这本小册子。成见是人人都不能免的;也许有人觉得静之的情诗有不道德的嫌疑,也许有人觉得一个青年人不应该做这种呻吟宛转的情诗,也许有人嫌他的长诗太繁了,也许有人嫌他的小诗太短了,也许有人不承认这些诗是诗。但是,我们应该承认我们的成见是最容易错误的,道德的观念是容易变迁的,诗的体裁是常常改换的,人的情感是有个性的区别。况且我们受旧诗词影响深一点的人,戴上了旧眼镜来看新诗,更容易陷入成见的错误。我自己常常承认是一个缠过脚的妇人,虽然努力放脚,恐怕终究不能恢复那"天足"的原形了。我现在看着这些彻底解放的少年诗人,就像一个缠过脚后来放脚的妇人望着那些真正天足的女孩子们跳来跳去,妒在眼里,喜在心头。他们给了我许多"烟士披里纯"①,我是很感谢的。四五年前,我们初做新诗的时候,我们对社会只要求一个自由尝试的权利;现在这些少年新诗人对社会要求

---

① 英语"灵感"inspiration 的汉音直译。

的也只是一个自由尝试的权利。为社会的多方面的发达起见,我们对于一切文学的尝试者,美术的尝试者,生活的尝试者,都应该承认他们的尝试的自由。这个态度,叫做容忍的态度(Tolerance)。容忍上加入研究的态度,便可到了解与赏识。社会进步的大阻力是冷酷的不容忍。静之自己也曾有一个很动人的呼告:

> 被损害的莺哥大诗人,
> 将要绝气的时候,
> 对着他的朋友哭告道:
> 牺牲了我不要紧的;
> 只愿诸君以后千万要防备那暴虐者,
> 很好地奋发你们青年的花罢!
>
> (《被损害的》)

十一,六,六,胡适。

(原载于1922年9月24日《努力》第21期,署名适。后收入《胡适文存二集》。)

大众语在那儿

自从一些作家提出了"大众语"的问题,常有朋友问我对这问题有什么意见。我对于这个问题只有一个小意见:请大家先做点大众语的作品出来,给我们看看。

在民国八年的八月里,我的朋友李辛白先生来对我说:"你们办的报是为大学中学的学生看的,你们说的话是老百姓看不懂的。我现在要办个报给老百姓看,名字就叫做'新生活'。今天来找你,是要你给我的报做一篇短文章。老实说,这一篇是借你的名字来做广告的。以后我就不再请你作文章了:你们作的文章,老百姓看不懂。"

李辛白从前办过《安徽白话报》,他一生最喜欢办通俗小报;最近几年中,他在南京办了一个《老百姓》,现在不知道怎样了。

且说那一天,我答应了李辛白的要求,就动手写一篇要给老百姓看的短文章。题目也是辛白出的:"新生活是什么?"我拿起笔来,才知道这个题目不好作,才知道这篇文章不容易写。(十五年后,我才得读国内贤豪的无数讲新生活的大文章,可惜都不能救济我十五年前的枯窘!)我勉强写成了一篇短文,删了又删,改了又改,足足费了我一个整天的工夫,才写定了一千多字,登在《新生活》的创刊号上。

这篇短文(《胡适文存》页一○一七;《胡适文选》页五一)后来跑进了各种小学国语教科书里,初中国语教科书第一册也有选它的,要算是我的文章传播最广的一篇了。

我写了那篇文章之后,《新生活》杂志上就没有我的文字了。过了一年多,有一天我见着李辛白,我对他说:"我看了这一年的《新生活》,只觉得你们的文章越写越深了。你们当初嫌我不能做老百姓看的文章;所以我很想看看你们的文章,我好学学老百姓看得懂的文章应该怎么作。可是我等了一年,还没有看到一篇老百姓看得懂的文章。"辛白回答道:"糟极了!这一年之中,恐怕还只有你那篇文章是老百姓看得懂的!"

李辛白是提倡大众语文学的老祖宗。可是他办的报,尽管叫做《老百姓》,看的仍旧是中学堂里的学生,始终不会跑到老百姓的手里去。

那一次的一点经验,给了我不少的教训。后来又有一次经验,也是我忘记不了的。

民国二十二年的冬天,我在武汉大学讲演,同时在那边的客人有唐擘黄、杨金甫,还有几位,我记不清了。有一天,武汉大学的朋友说,山上的小学和幼稚园的小孩子要招待我们喝茶。我们很高兴的走到了那边,才知道那班小主人还要每个客人"说几句话"。这大概是武汉大学的朋友们布置下的促狭计策,要考考我们能不能向小孩子说话,能不能说幼稚园里的"大众语"!

提到演说,我可以算是久经大敌的老将了。我曾在加拿大和美国的联合广播台上向整个北美洲的人演说过,毫不觉得心慌。可是这一天我考落第了!那天我们都想用全副力量来说几句小孩子听得懂的话:想他们懂得我们的话和话里的意思。我说了一个故事,话是可以懂的,话里的意思(因为故事太深了)是他们不能完全了解的。我失败了,那一天只有杨金甫说的一个故事是全体小主人都听得懂,又都喜欢听的。别的客人都考了个不及格。

我说了这两次的经验,为的是要说明一个小小的意思。大众语不是在白话之外的一种特别语言文字。大众语只是一种技术,一种本领,只是那能够把白话做到最大多数人懂得的本领。

这种技术不光靠挑用简单明显的字眼语句,也不光靠能剽窃一两句方言土语。同是苏州人说苏州话,一样有个好懂和不好懂的分别。这种技术的高低,全看我们对于所谓"大众"的同情心的厚薄。凡是说话作文能叫人了解的人,都是富于同情心,能细心体贴他的听众(或读者)的。"体贴"就是艳词里说的"换我心为你心";就是时时刻刻想到对面听话的人哪一个字听不懂,哪一句话不容易明白。能这样体贴人,自然能说听众懂得的话,自然能作读者懂得的文。

英国科学大家赫胥黎最会作通俗的科学讲演,他能对一大群工人作科学讲演。他自己说他最得力于科学前辈法拉第的一句话。有人问法拉第:"你讲演科学的时候,你能假定听众对于你讲的题目先有了多少知识?"法拉第回答:"我假定他们全不知道。"这就是体贴的态度。我们必须先想象这班听众全不知道我要对他们说的题目,方才能够细心体会用什么法子,选什么字句,才可以叫那些最没有根柢的人也能明白我要说的话。能够体贴到听众里面程度最低的一个人,然后能说大众全听得懂的话。

现在许多空谈大众语的人,自己就不会说大众的话,不会作大众的文,偏要怪白话不大众化,这真是不会写字怪笔秃了。白话本来是大众的话,决没有不可以回到大众去的道理。时下文人作的文字所以不能大众化,只是因为他们从来就没有想到大众的存在。因为他们心里眼里全没有大众,所以他们乱用文言的陈语套语,滥用许多不曾分析过的新名词;文法是不中不西的,语气是不文不白的;翻译是硬译,作文章是懒作。他们本来就没有学会说白话,做白话,怪不得白话到了他们的手里就不肯听他们的指挥了。这样嘴里有大众而心里从来不肯体贴大众的人,就是真肯"到民间去",他们也学不会说大众话的。

所以我说:大众语不是一个语言文字的问题,只是一个技术的问题。提倡大众语的人,都应该先训练自己作一种最大多数人看得懂,听得懂的文章。"看得懂"是为识字的大众着想的;"听得懂"是为不识字的大众着想的。我们如果真有心作大众语的文章,最好的训练是时时想象自己站在无线电发音机面前,向那绝大多数的农村老百姓说话,要字字句句他们都听得懂。用一个字,不要忘了大众;造一句句子,不要忘了大众;说一个比喻,不要忘了大众。这样训练的结果,自然是大众语了。

二十三,九,四。

(原载于1934年9月8日天津《大公报》文艺副刊第100期,署名胡适。后收入《胡适论学近著》。)

文学改良刍议

今之谈文学改良者众矣,记者末学不文,何足以言此?然年来颇于此事再四研思,辅以友朋辩论,其结果所得,颇不无讨论之价值。因综括所怀见解,列为八事,分别言之,以与当世之留意文学改良者一研究之。

吾以为今日而言文学改良,须从八事入手。八事者何?

一曰,须言之有物。

二曰,不摹仿古人。

三曰,须讲求文法。

四曰,不作无病之呻吟。

五曰,务去烂调套语。

六曰,不用典。

七曰,不讲对仗。

八曰,不避俗字俗语。

一曰须言之有物

吾国近世文学之大病,在于言之无物。今人徒知"言之无文,行之不远";而不知言之无物,又何用文为乎?吾所谓"物",非古人所谓"文以载道"之说也。吾所谓"物",约有二事:

(一)情感 《诗序》曰:"情动于中而形诸言。言之不足,故嗟叹之。嗟叹之不足,故咏歌之。咏歌之不足,不知手之舞之,足之蹈之也。"此吾所谓情感也。情感者,文学之灵魂。文学而无情感,如人之无魂,木偶而已,行尸走肉而已。(今人所谓"美感"者,亦情感之一也。)

(二)思想 吾所谓"思想",盖兼见地、识力、理想,三者而言之。思想不必皆赖文学而传,而文学以有思想而益贵;思想亦以有文学的价值而益贵也;此庄周之文,渊明老杜之诗,稼轩之词,施耐庵之小说,所以复绝千古也。思想之在文学,犹脑筋之在人身。人不能思想,则虽面目姣好,虽能笑啼感觉,亦何足取哉?文学亦犹是耳。

文学无此二物,便如无灵魂无脑筋之美人,虽有秾丽富厚之外观,抑亦末矣。近世文人沾沾于声调字句之间,既无高远之思想,又无真挚之情感,文学之衰微,此其大因矣。此文胜之害,所谓言之无物者是也。欲救此弊,宜以质救之。质者何?情与思二者而已。

二曰不摹仿古人

文学者,随时代而变迁者也。一时代有一时代之文学:周秦有周秦之文学,汉魏有汉魏之文学,唐宋元明有唐宋元明之文学。此非吾一人之私言,乃文明进化之公理也。即以文论,有《尚书》之文,有先秦诸子之文,有司马迁班固之文,有韩柳欧苏之文,有语录之文,有施耐庵曹雪芹之文:此文之进化也。试更以韵文言之:《击壤》之歌,《五子》之歌,一时期也;《三百篇》之诗,一时期也;屈原荀卿之骚赋,又一时期也;苏李以下,至于魏晋,又一时期也;江左之诗流为排比,至唐而律诗大成,此又一时期也;老杜香山之"写实"体诸诗(如杜之《石壕吏》、《羌村》,白之《新乐府》),又一时期也;诗至唐而极盛,自此以后,词典代兴,唐五代及宋初之小令,此词之一时代也;苏柳(永)辛姜之词,又一时代也;至于元之杂剧传奇,则又一时代矣;凡此诸时代,各因时势风会而变,各有其特长,吾辈以历史进化之眼光观之,决不可谓古人之文学皆胜于今人也。左氏史公之文奇矣,然施耐庵之《水浒传》视《左传》、《史记》,何多让焉?《三都》、《两京》之赋富矣,然以视唐诗、宋词,则糟粕耳。此可见文学因时进化,不能自止。唐人不当作商周之诗,宋人不当作相如子云之赋,——即令作之,亦必不工。逆天背时,违进化之迹,故不能工也。

　　既明文学进化之理,然后可言吾所谓"不摹仿古人"之说。今日之中国,当造今日之文学,不必摹仿唐宋,亦不必摹仿周秦也。前见"国会开幕词",有云:"于铄国会,遵晦时休。"此在今日而欲为三代以上之文之一证也。更观今之"文学大家",文则下规姚曾,上师韩欧;更上则取法秦汉魏晋,以为六朝以下无文学可言,此皆百步与五十步之别而已,而皆为文学下乘。即令神似古人,亦不过为博物院中添几许"逼真赝鼎"而已,文学云乎哉!昨见陈伯严先生一诗云:

涛园钞杜句,半岁秃千毫。
所得都成泪,相过问奏刀。
万灵噤不下,此老仰弥高。
胸腹回滋味,徐看薄命骚。

此大足代表今日"第一流诗人"摹仿古人之心理也。其病根所在,在于以"半岁秃千毫"之工夫作古人的钞胥奴婢,故有"此老仰弥高"之叹。若能洒脱此种奴性,不作古人的诗,而惟作我自己的诗,则决不致如此失败矣。

吾每谓今日之文学,其足与世界"第一流"文学比较而无愧色者,独有白话小说(我佛山人、南亭亭长、洪都百炼生,三人而已)一项。此无他故,以此种小说皆不事摹仿古人(三人皆得力于《儒林外史》、《水浒》、《石头记》。然非摹仿之作也),而惟实写今日社会之情状,故能成真正文学。其他学这个,学那个之诗古文家,皆无文学之价值也。今之有志文学者,宜知所从事矣。

三曰须讲求文法

今之作文作诗者,每不讲求文法之结构。其例至繁,不便举之,尤以作骈文律诗者为尤甚。夫不讲文法,是谓"不通"。此理至明,无待详论。

四曰不作无病之呻吟

此殊未易言也。今之少年往往作悲观,其取别号则曰"寒灰","无生","死灰";其作为诗文,则对落日而思暮年,对秋风而思零落,春来则惟恐其速去,花发又惟惧其早谢:此亡国之哀音也。老年人为之犹不可,况少年乎?其流弊所至,遂养成一种暮气,不思奋发有为,服劳报国,但知发牢骚之音,感喟之文;作者将以促其寿年,读者将亦短其志气:此吾所谓无病之呻吟也。国之多患,吾岂不知之?然病国危时,岂痛哭流涕所能收效乎?吾惟愿今之文学家作费舒特(Fichte),作玛志尼(Mazzini),而不愿其为贾生、王粲、屈原、谢皋羽也。其不能为贾生、王粲、屈原、谢皋羽,而徒为妇人醇酒丧气失意之诗文者,尤卑卑不足道矣!

五曰务去烂调套语

今之学者,胸中记得几个文学的套语,便称诗人。其所为诗文处处是陈言烂调,"蹉跎"、"身世"、"寥落"、"飘零"、"虫沙"、"寒窗"、"斜阳"、"芳草"、"春闺"、"愁魂"、"归梦"、"鹃啼"、"孤影"、"雁字"、"玉栖"、"锦字"、"残更",……之类,累累不绝,最可憎厌。其流弊所至,遂令国中生出许多似是而非,貌似而实非之诗文。今试举吾友胡先骕先生一词以证之:

荧荧夜灯如豆,映幢幢孤影,凌乱无据。翡翠衾寒,鸳鸯瓦冷，禁得秋宵几度？幺弦漫语，早丁字帘前，繁霜飞舞。袅袅余音，片时犹绕柱。

此词骤观之，觉字字句句皆词也，其实仅一大堆陈套语耳。"翡翠衾"，"鸳鸯瓦"，用之白香山《长恨歌》则可，以其所言乃帝王之衾之瓦也。"丁字帘"，"幺弦"，皆套语也。此词在美国所作，其夜灯决不"荧荧如豆"，其居室尤无"柱"可绕也。至于"繁霜飞舞"，则更不成话矣。谁曾见繁霜之"飞舞"耶？

吾所谓务去烂调套语者，别无他法，惟在人人以其耳目所亲见亲闻所亲身阅历之事物，一一自己铸词以形容描写之；但求其不失真，但求能达其状物写意之目的，即是工夫。其用烂调套语者，皆懒惰不肯自己铸词状物者也。

六曰不用典

吾所主张八事之中，惟此一条最受朋友攻击，盖以此条最易误会也。吾友江亢虎君来书曰：

所谓典者，亦有广狭二义。饾饤獭祭，古人早悬为厉禁；若并成语故事而屏之，则非惟文字之品格全失，即文字之作用亦亡。……文字最妙之意味，在用字简而涵义多。此断非用典不为功。不用典不特不可作诗，并不可写信，且不可演说。来函满纸"旧雨"，"虚怀"，"治头治脚"，"舍本逐末"，"洪水猛兽"，"发聋振聩"，"负弩先驱"，"心悦诚服"，"词坛"，"退避三舍"，"滔天"，"利器","铁证",……皆典也。试尽抉而去之,代以俚语俚字,将成何说话?其用字之繁简,犹其细焉。恐一易他词,虽加倍蓰而涵义仍终不能如是恰到好处,奈何?……

此论甚中肯要。今依江君之言,分典为广狭二义,分论之如下:

(一)广义之典非吾所谓典也。广义之典约有五种:

(甲)古人所设譬喻,其取譬之事物,含有普通意义,不以时代而失其效用者,今人亦可用之。如古人言"以子之矛,攻子之盾",今人虽不读书者,亦知用"自相矛盾"之喻,然不可谓为用典也。上文所举例中之"治头治脚","洪水猛兽","发聋振聩",……皆此类也。盖设譬取喻,贵能切当;若能切当,固无古今之别也。若"负弩先驱","退避三舍"之类,在今日已非通行之事物,在文人相与之间,或可用之,然终以不用为上。如言"退避",千里亦可,百里亦可,不必定用"三舍"之典也。

(乙)成语 成语者,合字成辞,别为意义。其习见之句,通行已久,不妨用之。然今日若能另铸"成语",亦无不可也。"利器","虚怀","舍本逐末",……皆属此类。此非"典"也,乃日用之字耳。

(丙)引史事 引史事与今所论议之事相比较,不可谓为用典也。如老杜诗云,"未闻殷周衰,中自诛褒妲",此非用典也。近人诗云,"所以曹孟德,犹以汉相终",此亦非用典也。

(丁)引古人作比 此亦非用典也。杜诗云,"清新庾开府,俊逸鲍参军",此乃以古人比今人,非用典也。又云,"伯仲之间见伊吕,指挥若定失萧曹",此亦非用典也。

(戊)引古人之语 此亦非用典也。吾尝有句云,"我闻古人言,艰难惟一死"。又云,"尝试成功自古无,放翁此语未必是"。此乃引语,非用典也。

以上五种为广义之典,其实非吾所谓典也。若此者可用可不用。

(二)狭义之典,吾所主张不用者也。吾所谓用"典"者,谓文人词客不能自己铸词造句以写眼前之景,胸中之意,故借用或不全切,或全不切之故事陈言以代之,以图含混过去:是谓"用典"。上所述广义之典,除戊条外,皆为取譬比方之辞。但以彼喻此,而非以彼代此也。狭义之用典,则全为以典代言,自己不能直言之,故用典以言之耳。此吾所谓用典与非用典之别也。狭义之典亦有工拙之别,其工者偶一用之,未为不可,其拙者则当痛绝之。

(子)用典之工者　此江君所谓用字简而涵义多者也。客中无书不能多举其例,但杂举一二,以实吾言:

(1)东坡所藏"仇池石",王晋卿以诗借观,意在于夺。东坡不敢不借,先以诗寄之,有句云,"欲留嗟赵弱,宁许负秦曲。传观慎勿许,间道归应速"。此用蔺相如返璧之典,何其工切也!

(2)东坡又有"章质夫送酒六壶,书至而酒不达"。诗云,"岂意青州六从事,化为乌有一先生"。此虽工已近于纤巧矣。

(3)吾十年前尝有读《十字军英雄记》一诗云:"岂有酖人羊叔子?焉知微服赵主父?十字军真儿戏耳,独此两人可千古。"以两典包尽全书,当时颇沾沾自喜,其实此种诗,尽可不作也。

(4)江亢虎代华侨诔陈英士文有"未悬太白,先坏长城。世无鉏麑,乃戕赵卿"四句,余极喜之。所用赵宣子一典,甚工切也。

(5)王国维咏史诗,有"虎狼在堂室,徒戎复何补?神州遂陆沉,百年委榛莽。寄语桓元子,莫罪王夷甫"。此亦可谓使事之工者矣。

上述诸例,皆以典代言,其妙处,终在不失设譬比方之原意;惟为文体所限,故譬喻变而为称代耳。用典之弊,在于使人失其所欲譬喻之原意。若反客为主,使读者迷于使事用典之繁,而转忘其所为设譬之事物,则为拙矣。古人虽作百韵长诗,其所用典不出一二事而已(《北征》与白香山《悟真寺诗》皆不用一典),今人作长律则非典不能下笔矣。尝见一诗八十四韵,而用典至百余事,宜其不能工也。

(丑)用典之拙者　用典之拙者,大抵皆懒惰之人,不知造词,故以此为躲懒藏拙之计。惟其不能造词,故亦不能用典也。总计拙典亦有数类:

(1)比例泛而不切,可作几种解释,无确定之根据。今取王渔洋《秋柳》一章证之:

> 娟娟凉露欲为霜,万缕千条拂玉塘。
> 浦里青荷中妇镜,江干黄竹女儿箱。
> 空怜板渚隋堤水,不见瑯琊大道王。
> 若过洛阳风景地,含情重问永丰坊。

此诗中所用诸典无不可作几样说法者。

(2)僻典使人不解。夫文学所以达意抒情也。若必求人人能读五车之书,然后能通其文,则此种文可不作矣。

(3)刻削古典成语,不合文法。"指兄弟以孔怀,称在位以曾是"(章太炎语),是其例也。今人言"为人作嫁"亦不通。

(4)用典而失其原意。如某君写山高与天接之状,而曰"西接杞天倾"是也。

（5）古事之实有所指，不可移用者，今往往乱用作普通事实。如古人灞桥折柳，以送行者，本是一种特别土风。阳关渭城亦皆实有所指。今之懒人不能状别离之情，于是虽身在滇越，亦言灞桥；虽不解阳关渭城为何物，亦皆言"阳关三叠"，"渭城离歌"。又如张翰因秋风起而思故乡之莼羹鲈脍，今则虽非吴人，不知莼鲈为何味者，亦皆自称有"莼鲈之思"。

此则不仅懒不可救，直是自欺欺人耳！

凡此种种，皆文人之下下工夫，一受其毒，便不可救。此吾所以有"不用典"之说也。

七曰不讲对仗

排偶乃人类言语之一种特性，故虽古代文字，如老子孔子之文，亦间有骈句。如"道可道，非常道；名可名，非常名。无名天地之始，有名万物之母。故常无，欲以观其妙；常有，欲以观其徼"。此三排句也。"食无求饱，居无求安"；"贫而无谄，富而无骄"；"尔爱其羊，我爱其礼"。——此皆排句也。然此皆近于语言之自然，而无牵强刻削之迹；尤未有定其字之多寡，声之平仄，词之虚实者也。至于后世文学末流，言之无物，乃以文胜；文胜之极，而骈文律诗兴焉，而长律兴焉。骈文律诗之中非无佳作，然佳作终鲜。所以然者何？岂不以其束缚人之自由过甚之故耶？（长律之中，上下古今，无一首佳作可言也。）今日而言文学改良，当"先立乎其大者"，不当枉废有用之精力于微细纤巧之末：此吾所以有废骈废律之说也。即不能废此两者，亦但当视为文学末技而已，非讲求之急务也。

今人犹有鄙夷白话小说为文学小道者，不知施耐庵、曹雪芹、吴趼人皆文学正宗，而骈文律诗乃真小道耳。吾知必有闻此言而却走者矣。

八曰不避俗语俗字

吾惟以施耐庵、曹雪芹、吴趼人为文学正宗，故有"不避俗字俗语"之论也。（参看上文第二条下。）盖吾国言文之背驰久矣。自佛书之输入，译者以文言不足以达意，故以浅近之文译之，其体已近白话。其后佛氏讲义语录尤多用白话为之者，是为语录体之原始。及宋人讲学以白话为语录，此体遂成讲学正体。（明人因之。）当是时，白话已久入韵文，观唐宋人白话之诗词可见也。及至元时，中国北部已在异族（辽金元）之下，三百余年矣。此三百年中，中国乃发生一种通俗行远之文学。文则有《水浒》、《西游》、《三国》……之类，戏曲则尤不可胜计。（关汉卿诸人，人各著剧数十种之多。吾国文人著作之富，未有过于此时者也。）以今世眼光观之，则中国文学当以元代为最盛；可传世不朽之作，当以元代为最多：此可无疑也。当是时，中国之文学最近言文合一，白话几成文学的语言矣。使此趋势不受阻遏，则中国几有一"活文学出现"，而但丁、路得之伟业〔欧洲中古时，各国皆有俚语，而以拉丁文为文言，凡著作书籍皆用之，如吾国之以文言著书也。其后意大利有但丁（Dante）诸文豪，始以其国俚语著作。诸国踵兴，国语亦代起。路得（Luther）创新教始以德文译《旧约》、《新约》，遂开德文学之先。英法诸国亦复如是。今世通用之英文《新旧约》乃一六一一年译本，距今才三百年耳。故今日欧洲诸国之文学，在当日皆为俚语。迨诸文豪兴，始以"活文学"代拉丁之死文学；有活文学而后有言文合一之国语也〕，几发生于神州。不意此趋势骤为明代所阻，政府既以八股取士，而当时文人如何李七子之徒，又争以复古为高，于是此千年难遇言文合一之机会，遂中道夭折矣。然以今世历史进化的眼光观之，则白话文学之为中国文学之正宗，又为将来文学必用之利器，可断言也。（此"断言"乃自作者言之，赞成此说者今日未必甚多也。）以此之故，吾主张今日作文作诗，宜采用俗语俗字。与其用三千年前之死字（如"于铄国会，遵晦时休"之类），不如用二十世纪之活字；与其作不能行远不能普及之秦汉六朝文字，不如作家喻户晓之《水浒》、《西游》文字也。

结　论

上述八事，乃吾年来研思此一大问题之结果。远在异国，既无读书之暇晷，又不得就国中先生长者质疑问难，其所主张容有矫枉过正之处。然此八事皆文学上根本问题，一有研究之价值。故草成此论，以为海内外留心此问题者作一草案。谓之刍议，犹云未定草也，伏惟国人同志有以匡纠是正之。

民国六年一月。

（原载于《新青年》第2卷第5号，后收入《胡适文存》卷10。）

大师小品

社会革命的目的就是要做到向来被压迫的社会分子能站在大庭广众之中歌颂他的时代为人类有史以来最好的时代。

一个问题

我到北京不到两个月。这一天我在中央公园里吃冰,几位同来的朋友先散了;我独自坐着,翻开几张报纸看看,只见满纸都是讨伐西南和召集新国会的话。我懒得看那些疯话,丢开报纸,抬起头来,看见前面来了一男一女,男的抱着一个小孩子,女的手里牵着一个三四岁的孩子。我觉得那男的好生面善,仔细打量他,见他穿一件很旧的官纱长衫,面上很有老态,背脊微有点弯,因为抱着孩子,更显出曲背的样子。他看见我,也仔细打量。我不敢招呼,他们就过去了。走过去几步,他把小孩子交给那女的,他重又回来,问我道,"你不是小山吗?"我说,"正是。你不是朱子平吗?我几乎不敢认你了!"他说,"我是子平,我们八九年不见,你还是壮年,我竟成了老人了,怪不得你不敢招呼我。"

我招呼他坐下,他不肯坐,说他一家人都在后面坐久了,要回去预备晚饭了。我说,"你现在是儿女满堂的福人了。怪不得要自称老人了。"他叹口气,说,"你看我狼狈到这个样子,还要取笑我?我上个月见着伯安仲实弟兄们,才知道你今年回国。你是学哲学的人,我有个问题要来请教你。我问过多少人,他们都说我有神经病,不大理会我。你把住址告诉我,我明天来看你。今天来不及谈了。"

我把住址告诉了他,他匆匆的赶上他的妻子,接过小孩子,一同出去了。

我望着他们出去,心里想道:朱子平当初在我们同学里面,要算一个很有豪气的人,怎么现在弄得这样潦倒?看他见了一个多年不见的老同学,一开口就有什么问题请教,怪不得人说他有神经病。但不知他因为潦倒了才有神经病呢?还是因为有了神经病所以潦倒呢?……

第二天一大早,他果然来了。他比我只大得一岁,今年三十岁。但是他头上已有许多白发了。外面人看来,他至少要比我大十几岁。

他还没有坐定,就说,"小山,我要请教你一个问题。"

我问他什么问题。他说,"我这几年以来,差不多没有一天不问自己道:人生在世,究竟是为什么的?我想了几年,越想越想不通。朋友之中也没有人能回答这个问题。起先他们给我一个'哲学家'的绰号,后来他们竟叫我做朱疯子了!小山,你是见多识广的人,请你告诉我,人生在世,究竟是为什么的?"

我说,"子平,这个问题是没有答案的。现在的人最怕的是有人问他这个问题。得意的人听着这个问题就要扫兴,不得意的人想着这个问题就要发狂。他们是聪明人,不愿意扫兴,更不愿意发狂,所以给你一个疯子的绰号,就算完了。——我要问你,你为什么想到这个问题上去呢？"

他说，"这话说来很长，只怕你不爱听。"

我说我最爱听。他吸了一口气，点着一根纸烟，慢慢的说。以下都是他的话。

我们离开高等学堂那一年，你到英国去了，我回到家乡，生了一场大病，足足的病了十八个月。病好了，便是辛亥革命，把我家在汉口的店业就光复掉了。家里生计渐渐困难，我不能不出来谋事。那时伯安石生一班老同学都在北京，我写信给他们，托他们寻点事做。后来他们写信给我，说从前高等学堂的老师陈老先生答应要我去教他的孙子。我到了北京，就住在陈家。陈老先生在大学堂教书，又担任女子师范的国文，一个月拿的钱很多，但是他的两个儿子都不成器，老头子气得很，发愤要教育他几个孙子成人。但是他一个人教两处书，那有工夫教小孩子？你知道我同伯安都是他的得意学生，所以他叫我去，给我二十块钱一个月，住的房子，吃的饭，都是他的，总算他老先生的一番好意。

过了半年，他对我说，要替我做媒。说的是他一位同年的女儿，现在女子师范读书，快要毕业了。那女子我也见过一两次，人倒很朴素稳重。但是我一个月拿人家二十块钱，如何养得起家小？我把这个意思回复他，谢他的好意。老先生有点不高兴，当时也没说什么。过了几天，他请了伯安仲实弟兄到他家，要他们劝我就这门亲事。他说："子平的家事，我是晓得的。他家三代单传，嗣续的事不能再缓了。二十多岁的少年，那里怕没有事做？还怕养不活老婆吗？我替他做媒的这头亲事是再好也没有的。女的今年就毕业，毕业后还可在本京蒙养院教书,我已经替她介绍好了。蒙养院的钱虽不多,也可以贴补一点家用。他再要怕不够时,我把女学堂的三十块钱让他去教。我老了,大学堂一处也够我忙了。你们看我这个媒人总可算是竭力报效了。"

伯安弟兄把这番话对我说,你想我如何能再推辞。我只好写信告诉家母。家母回信,也说了许多"三代单传,不孝有三,无后为大"的话。又说,"陈老师这番好意,你稍有人心,应该感激图报,岂可不识抬举?"

我看了信,晓得家母这几年因为我不肯娶亲,心里很不高兴,这一次不过是借题发点牢骚。我仔细一想,觉得做了中国人,老婆是不能不讨的,只好将就点罢。

我去找到伯安仲实,说我答应订定这头亲事,但是我现在没有积蓄,须过一两年再结婚。

他们去见老先生,老先生说,"女孩子今年二十三岁了,她父亲很想早点嫁了女儿,好替他小儿子娶媳妇。你们去对子平说,叫他等女的毕业了就结婚。仪节简单一点,不费什么钱。他要用木器家具,我这里有用不着的,他可以搬去用。我们再替他邀一个公份,也就可以够用了。"

他们来对我说,我没有话可驳回,只好答应了。过了三个月,我租了一所小屋,预备成亲。老先生果然送了一些破烂家具,我自己添置了一点。伯安石生一些人发起一个公份,送了我六十多块钱的贺仪,只够我替女家做了两套衣服,就完了。结婚的时候,我还借了好几十块钱,才勉强把婚事办了。

结婚的生活,你还不曾经过。我老实对你说,新婚的第一年,的确是很有乐趣的生活。我的内人,人极温和,她晓得我的艰苦,我们从不肯乱花一个钱。我们只用一个老妈,白天我上陈家教书,下午到女师范教书,她到蒙养院教书。晚上回家,我们自己做两样家乡小菜,吃了晚饭,闲谈一会,我改我的卷子,她陪我坐着做点针线。我有时做点文字卖给报馆,有时写到夜深才睡。她怕我身体过劳,每晚到了十二点钟,她把我的墨盒纸笔都收了去,吹灭了灯,不许我再写了。

小山,这种生活,确有一种乐趣。但是不到七八个月,我的内人就病了,呕吐得很利害。我们猜是喜信,请医生来看,医生说八成是有喜。我连忙写信回家,好叫家母欢喜。老人家果然欢喜得很,托人写信来说了许多孕妇保重身体的法子,还做了许多小孩的衣服小帽寄来。

产期将近了。她不能上课,请了一位同学代她。我添雇了一个老妈子,还要准备许多临产的需要品。好容易生下一个男孩子来。产后内人身体不好,乳水不够,不能不雇奶妈。一家平空减少了每月十几块钱的进账,倒添上了几口人吃饭拿工钱。家庭的担负就很不容易了。

过了几个月,内人身体复原了,依旧去上课,但是记挂着小孩子,觉得很不方便。看十几块钱的面上,只得忍着心肠做去。

不料陈老先生忽然得了中风的病,一起病就不能说话,不久就死了。他那两个宝贝儿子,把老头子的一点存款都瓜分了,还要赶回家去分田产,把我的三个小学生都带回去了。

我少了二十块钱的进款,正想寻事做,忽然女学堂的校长又换了人,第二年开学时,他不曾送聘书来,我托熟人去说,他说我的议论太偏僻了,不便在女学堂教书。我生了气,也不屑再去求他了。

伯安那时做众议院的议员,在国会里颇出点风头。我托他设法。他托陈老先生的朋友把我荐到大学堂去当一个事务员,一个月拿三十块钱。

我们只好自己刻苦一点,把奶妈和那添雇的老妈子辞了。每月只吃三四次肉，有人请我吃酒，我都辞了不去，因为吃了人的，不能不回请。戏园里是四年多不曾去过了。

但是无论我们怎样节省，总是不够用。过了一年又添了一个孩子。这回我的内人自己给他奶吃，不雇奶妈了。但是自己的乳水不够，我们用开成公司的豆腐浆代它，小孩子不肯吃，不到一岁就殇掉了。内人哭的什么似的。我想起孩子之死全系因为雇不起奶妈，内人又过于省俭，不肯吃点滋养的东西，所以乳水更不够。我看见内人伤心，我心里实在难过。

后来时局一年坏似一年，我的光景也一年更紧似一年。内人因为身体不好，辍课太多，蒙养院的当局颇说嫌话，内人也有点拗性，索性辞职出来。想找别的事做，一时竟寻不着。北京这个地方，你想寻一个三百五百的阔差使，反不费力。要是你想寻二三十块钱一个月的小事，那就比登天还难。到了中、交两行停止兑现的时候，我那每月三十块钱的票子更不够用了。票子的价值越缩下去，我的大孩子吃饭的本事越大起来。去年冬天，又生了一个女孩子，就是昨天你看见我抱着的。我托了伯安去见大学校长，请他加我的薪水，校长晓得我做事认真，加了我十块钱票子，共是四十块，打个七折，四七二十八，你替我算算，房租每月六块，伙食十五块，老妈工钱两块，已是二十三块钱了。剩下五块大钱，每天只派着一角六分大洋做零用钱。做衣服的钱都没有，不要说看报买书了。大学图书馆里虽然有书有报，但是我一天忙到晚，公事一完，又要赶回家来帮内人照应小孩子，哪里有工夫看书阅报？晚上我腾出一点工夫做点小说，想赚几个钱。我的内人向来不许我写过十二点钟的，于今也不来管我了。她晓得我们现在所处的境地，非寻两个外快钱不能过日子，所以只好由我写到两三点钟才睡。但是现在卖文的人多了，我又没有工夫看书，全靠绞脑子，挖心血，没有接济思想的来源，做的东西又都是百忙里偷闲潦草做的，哪里会有好东西？所以往往卖不起价钱，有时原稿退回，我又修改一点，寄给别家。前天好容易卖了一篇小说，拿着五块钱，所以昨天全家去逛中央公园，去年我们竟不曾去过。

我每天五点钟起来，——冬天六点半起来——午饭后靠着桌子偷睡半个钟头，一直忙到夜深半夜后。忙的是什么呢？我要吃饭，老婆要吃饭，还要喂小孩子吃饭——所忙的不过为了这一件事！

我每天上大学去，从大学回来，都是步行。这就是我的体操，不但可以省钱，还可给我一点用思想的时间，使我可以想小说的布局，可以想到人生的问题。有一天，我的内人的姊夫从南边来，我想请他上一回馆子，家里恰没有钱，我去问同事借，那几位同事也都是和我不相上下的穷鬼，那有钱借人？我空着手走回家，路上自思自想，忽然想到一个大问题，就是"人生在世，究竟是为什么的？"……我一头想，一头走，想入了迷，就站在北河沿一棵柳树下，望着水里的树影子，足足站了两个钟头。等到我醒过来走回家时，天已黑了，客人已走了半天了！

自从那一天到现在，几乎没有一天我不想到这个问题。有时候，我从睡梦里喊着"人生在世，究竟是为什么的？"

小山，你是学哲学的人。像我这样养老婆，喂小孩子，就算做了一世的人吗？……

民国八年。

（原载《每周评论》第33号，收入诗集《尝试集》初版，第4版删去。）

差不多先生传

你知道中国最有名的人是谁?

提起此人,人人皆晓,处处闻名。他姓差,名不多,是各省各县各村人氏。你一定见过他,一定听过别人谈起他。差不多先生的名字天天挂在大家的口头,因为他是中国全国人的代表。

差不多先生的相貌和你和我都差不多。他有一双眼睛,但看的不很清楚;有两只耳朵,但听的不很分明;有鼻子和嘴,但他对于气味和口味都不很讲究。他的脑子也不小,但他的记性却不很精明,他的思想也不很细密。

他常常说:"凡事只要差不多,就好了。何必太精明呢?"

他小的时候,他妈叫他去买红糖,他买了白糖回来。他妈骂他,他摇摇头说:"红糖白糖不是差不多吗?"

他在学堂的时候,先生问他:"直隶省的西边是哪一省?"他说是陕西。先生说:"错了。是山西,不是陕西。"他说:"陕西同山西,不是差不多吗?"

后来他在一个钱铺里做伙计;他也会写,也会算,只是总不会精细。十字常常写成千字,千字常常写成十字。掌柜的生气了,常常骂他。他只是笑嘻嘻地赔小心道:"千字比十字只多一小撇,不是差不多吗?"

有一天,他为了一件要紧的事,要搭火车到上海去。他从从容容地走到火车站,迟了两分钟,火车已开走了。他白瞪着眼,望着远远的火车上的煤烟,摇摇头道:"只好明天再走了,今天走同明天走,也还差不多。可是火车公司未免太认真了。八点三十分开,同八点三十二分开,不是差不多吗?"他一面说,一面慢慢地走回家,心里总不明白为什么火车不肯等他两分钟。

有一天,他忽然得了急病,赶快叫家人去请东街的汪医生。那家人急急忙忙地跑去,一时寻不着东街的汪大夫,却把西街牛医王大夫请来了。差不多先生病在床上,知道寻错了人;但病急了,身上痛苦,心里焦急,等不得了,心里想道:"好在王大夫同汪大夫也差不多,让他试试看吧。"于是这位牛医王大夫走近床前,用医牛的法子给差不多先生治病。不上一点钟,差不多先生就一命呜呼了。

差不多先生差不多要死的时候,一口气断断续续地说道:"活人同死人也差……差……差不多,……凡事只要……差……差……不多……就……好了,……何……何……必……太……太认真呢?"他说了这句格言,方才绝气了。

他死后,大家都很称赞差不多先生样样事情看得破,想得通;大家都说他一生不肯认真,不肯算账,不肯计较,真是一位有德行的人。于是大家给他取个死后的法号,叫他做圆通大师。

他的名誉越传越远,越久越大。无数无数的人都学他的榜样。于是人人都成了一个差不多先生。——然而中国从此就成为一个懒人国了。

〔原载于1924年6月28日《申报·平民周刊》第1期,署名胡适。后收入1987年9月香港三联书店版《胡适》(易竹贤编)。〕

孙行者与张君劢[1]

　　孙行者站在灵霄殿外,耀武扬威的不服气。如来伸出一只手掌道:"你有多大本领? 能不能跳出我的手心?"孙行者大笑道:"我的师父曾传授给我七十二般变化,还教我筋斗云,一个筋斗就是十万八千里。你有多大的手心!"他缩小了身躯跳上了如来的手掌,喊一声"老孙去也!"一个筋斗翻出南天门去了。以后的一段,我不用细说了。孙行者自以为走的很远了,不知道他总不曾跳出如来的手掌。

　　我的朋友张君劢近来对于科学家的跋扈,很有点生气。他一只手捻着他稀疏的胡子,一只手向桌上一拍,说道:"赛先生,你有多大的手心!你敢用逻辑先生来网罗'我'吗? 老张去也!"说着,他一个筋斗,

---

[1] 张君劢(1887—1969),哲学家。原名张嘉森,江苏宝山(今属上海市)人,1923年鼓吹伯格森的生命哲学,引起学术界一场玄学与科学的论战。

就翻出松坡图书馆的大门外去了。

他这一个筋斗,虽没有十万八千里,却也够长了!我在几千里外等候他,等了二七一十四天,好容易望着彩云朵朵,瑞气千条,冉冉而来,——却原来还只是他的小半截身子!其余的部分,还没有翻过来呢!

然而我揪住了这翻过来的一截,仔细一看,原来他仍旧不曾跳出赛先生和逻辑先生的手心里!这话怎讲?且听我道来。

张君劢说:

> 人生者,变也,活动也,自由也,创造也。……试问论理学上之三大公例(曰同一,曰矛盾,曰排中)何者能证其合不合乎?论理学上之两大方法(曰内纳,曰外绎)何者能推定其前后之相生乎?

这是柏格森的高徒的得意腔调。他还引了许多师叔师伯的话来助他张目。

然而他所指出的逻辑先生的五样法定,我们只消祭起一样来,已够打出他的原形来了。我们祭起的法宝,是论理学上的矛盾律。

[矛一]张君劢说:

> 精神科学中有何种公例,可以推算未来之变化,如天文学之于天象,力学之于物体者乎?吾敢断言曰,必无而已。

[盾一]张君劢又说:

人类目的,屡变不已;虽变也,不趋于恶而必趋于善。

前面一个"必"字的矛,后面一个"必"字的盾,遥遥相对,好看煞人!

否认人生观有公例的张君劢,忽然寻出这一条"不趋于恶而必趋于善"的大公例来,岂非玄之又玄的奇事!他自己不能不下一个解释,于是他又陷入第二层矛盾。

[矛二]张君劢说:

精神科学之公例,惟限于已过之事,而于未来之事,则不能推算。

精神科学……决不能以已成之例,推算未来也。

[盾二]张君劢说:

人类目的,屡变不已;虽变也,不趋于恶而必趋于善。其所以然之故,至为玄妙,不可测度。然据既往以测将来,其有持改革之说者,大抵图所以益世而非所以害世。此可以深信而不疑者也。

请问"据既往以测将来"是不是"以已成之例推算未来"?

然而张君劢又说:

[矛三]人生观不为论理方法与因果律所支配者也。
[盾三](大前提)"夫事之可以预测者,必为因果律所支配者也。"
(小前提)"人类目的,屡变不已;然据既往以测将来,……可以深

信而不疑。"(结论)故张君劢深信而不疑"人类目的"(人生观)必为因果律所支配者也!

张君劢翻了二七一十四天的筋斗,原来始终不曾脱离逻辑先生的一件小小法宝——矛盾律——的笼罩之下!哈!哈!

十二,五,十一,上海。

(原载于1923年5月20日《努力》第53期,署名适之。后收入《胡适文存二集》。)

《西游记》的第八十一难

十年前我曾对鲁迅先生说起《西游记》的第八十一难（九十九回）未免太寒伧了，应该大大的改作，才衬得住一部大书。我虽有此心，终无此闲暇，所以十年过去了，这件改作《西游记》的事终未实现。前几天，偶然高兴，写了这一篇，把《西游记》的第八十一难，完全改作过了。自第九十九回"菩萨将难簿目过了一遍"起，到第一百回"却说八大金刚使第二阵香风，把他四众，不一日送回东土"为止，中间足足改换了六千多字。因为《学文月刊》的朋友们要稿子，就请他们把这篇"伪书"发表了。现在收在这里，请爱读《西游记》的人批评指教。

二十三，七，一，胡适记。

《西游记》第九十九回

观音点簿添一难
唐僧割肉度群魔

话说观音菩萨把唐僧一路上经历的灾难簿子从头看了一遍,忽发言道:"佛门中九九归真。圣僧受过八十难,还少一难。"菩萨当时即命五方揭谛道:"速速赶上金刚,还生一难者!"

揭谛得令,驾云向东赶去,不多时赶上了金刚,附耳低言,说明菩萨法旨。金刚奉令,刷的把风按下,将唐僧四众连马与经,降落在地。噫!正是

九九归真道行难,一篑功亏不结丹。
腾云指日回唐土,何图蓦地下云端!

三藏脚踏了凡地,自觉心惊。八戒呵呵大笑道:"好,好,好!这正是走得快,跌得高!"沙僧也道:"想是护送的金刚半路上看个亲眷去了,叫我们下来歇歇哩。"孙行者火眼金睛,早已看见五方揭谛赶上金刚,交头接耳,必有用意,他且不说破,只对唐僧说道:"师父,金刚抛下我们,自回去了。我们且打听明白这是什么地方,在何国土。"唐僧道:"悟空说得是。我听得远远的有水响,不知是不是我们走过的河水。"

行者纵身跳在空中,用手搭凉篷,仔细看了,下来道:"师父,那一带树林过去,果然是一条大河,河身像是很宽,很长;水势却不汹涌,不像是流沙河,也不像是通天河,也许是一条我们不曾走过的大河。"

唐僧问道："徒弟啊，那边可望得见人烟么？"行者答道："河的对岸好像有一个城镇。有船只载着人往这边来。河这边有一座高塔。船上的人好像是朝着这塔来的，也许是来塔上烧香祭赛的。"

八戒喊道："只要有人烟，我们都去！"八戒，沙僧把经卷驮在马上，四众步行，穿过大树林，果然望见一座高高的宝塔。师徒们朝着宝塔走去，看看太阳将落时，他们到了宝塔面前。只见二三十个人，全是天竺国服装，老老少少，男男女女，从塔下走出来，朝着河边回去。那些人见了唐僧四众，都很惊异，渐渐围拢来；妇人孩子见了八戒三人的怪模样，都很害怕，躲在老年人的背后，窃窃私语。内中一位老者，认得唐僧的状貌衣装是大唐人物，走过来问讯。唐僧叫三个徒弟站开，他自己上前施礼问讯。唐僧道："贫僧是大唐人氏，这三人是小徒，往西天取经回来，流落在此，不知路途方向。请问老丈这里是何国土，这宝塔供养何种尊神，此去大唐国土应走何方向。"

那老者答礼道："不知法师是大唐上国求法高僧，失敬之至。此处是婆罗涅斯国，前面的大河是殑伽河。顺河流东行，约三百余里，便是战士国境。法师若要东行，可用船顺流下去。这里的宝塔是敝国最著名的古迹，叫做'三兽窣堵波'，是如来在过去劫初修菩萨行时烧身供养天帝释之处。每年八月月圆时，是月光王菩萨的节日，敝处的人来此扫塔祭赛。今天正是月光节，我们来此祭扫，不想得遇上国高僧。可否请到对河村子里供养一宿，明天准备船只相送东行？"

唐僧听说"三兽窣堵波"之名，心里大欢喜，忙整衣帽，朝塔礼拜，并叫行者三人同来礼拜。礼拜毕，唐僧又谢那老者指引的好意，说道："贫僧久闻'三兽窣堵波'之名，但恨无缘拜扫瞻仰。天幸今日无意中亲到塔下，岂可错过机缘？贫僧师弟都是修行之人，今夜决计在塔下打坐一宵，以表礼拜的诚心。多蒙老丈厚意款待，明早一定渡河到贵村来拜谢。"

那老丈听说，知道唐僧决心扫塔，又有点害怕那三个怪模样的徒弟，也便不坚留，便留下姓名，率领众男女回河边上船去了。

话说唐僧别了众人，回过头来，欢天喜地的对三个徒弟说道："徒弟啊，谁料我们从云里掉下来，却遇着这意外的奇缘！"八戒笑道："师父，想必是打听得你的祖宗的骨塔了？"沙僧和行者齐声问道："师父，这个古塔有何因缘，叫你老人家这样高兴！"

三藏回头用手指道："你们不见这里是三座塔么？"行者看时，果然中间一座高塔，左右两旁各有一座小塔。在远处望见的只是中间的高塔。唐僧说："这就是西域地志上有名的三兽塔，又叫做'月中玉兔塔'。三兽是一只兔子，一只狐狸，一只猿猴。中间是兔塔，两边是狐塔猴塔。"八戒呵呵大笑道："怪道老师父欢天喜地，原来他替弼马温大师兄寻得了祖坟也！"

唐僧喝住八戒，说道："劫初之时，我佛如来投生为一只白兔，他本性不昧，在树林中修菩萨行。他有两个同伴，一狐一猿，受了他的感化，也同在树林中修行。一日，天帝释要试验他们的修行工夫，下凡变化作一个老人，到树林中来。三兽见那老人形容憔悴，行步艰难，都来问他有何病痛。老人说：'我要饿死了；来问你们求一点东西吃。'三兽请他坐在树下，他们都出去寻食物款客。狐狸先回来，嘴衔着一条鲜鲤鱼。猿猴也回来了，摘得一堆鲜果。只有白兔空手回来，心怀惭愧。老人说：'狐哥猴哥都寻了东西回来，难道兔哥不肯布施一点么？'白兔闻言，对同伴道：'敢烦两位师兄替我采点干柴，生起火来，我自有佳肴供客。'狐猿出去,寻了一些枯枝干叶,生起火来。白兔见火焰正旺,就对老人道:'丈人,我自愧有心无力,不能救丈人的饥饿。敬献区区身体,供丈人一餐。'说完,就跳入烈焰之中。尔时老人复现天帝释庄严宝相,从火焰中提出兔身,嗟叹不已。天帝释道:'兔子舍生救人,是真菩萨行。吾当令世间人永永敬礼他的形容。'天帝释言讫,一只手攀住须弥山尖,撕下了半个峰头来做他的画笔;一只手捉住月亮,做他的粉本,就在月亮上画下了玉兔的形状。至今月中有玉兔,便是这样起源的。后世天竺国人纪念这个玉兔烧身的故事,在这里建塔纪念,就是这个三兽窣堵波。"

唐僧接着又说:"我小时念《杂宝藏经》,《经律异相》,就知道这白兔舍身的因缘。谁想今日取经回来,还能瞻拜这千年古塔!我如何不欢喜!"①

三藏讲完故事,行者,沙僧俱各欢喜赞叹。只有八戒涎着嘴脸,呵呵大笑道:"好个多情的师父!忘不了大天竺国抛绣球招亲的假公主!你瞧那河上起来的团圞明月,正照着绣球选中的驸马爷的僧帽上。只怕太阴星君管束不严,玉兔知道了我师父今夜扫塔的多情,又要逃出广寒宫,来寻你耍子去也!"

三藏也不管八戒的顽皮,领着三人,到中间塔下,叫八戒把经卷龙马安顿在塔下,叫沙僧摘了一些竹枝,扎了一把笤帚。唐僧拿着笤帚,同他们上塔祭扫。正是:

---

① 作者原注:"三兽窣堵波"的故事见于玄奘的《大唐西域记》卷7。白兔舍身因缘又见于《杂宝藏经》卷2,《经律异相》卷47。我在这里又参用了现代印度作家的说法。

玉兔高风永不磨，庄严塔影照长河。
殷勤上国求经客，来扫千年窣堵波。

话说唐僧四众扫塔，到得最上一层时，明月已近中天；远望殑伽河变成了一道光耀的银河；四野静穆，但见茫茫银雾，涌起一个出尘的世界。唐僧到此不觉一声叫绝。行者，沙僧也都凝望出神。连那八戒也不觉摇头摆耳，舞蹈起来。唐僧本来早已走得疲乏了，就在那塔顶上靠着石栏坐下。坐了一会，他舍不得走了，对三个徒弟道："徒弟啊，我当年离了长安，在法云寺里立了弘愿，上西方遇寺拜佛，见塔扫塔。一路上历尽多少艰辛。那回在祭赛国扫塔，被妖魔败兴。还有那回在荆棘岭上，虽然也是一个月白风清的良夜，又被几个松妖杏怪搅缠了一夜。今番取得经典回朝，难得在这千年古塔上清清闲闲的赏玩这无边月色。你们三人可先下去看守经卷，在塔下洞门里歇息。我要在这塔上打一回坐，定一定心。"

行者料无意外危险，便叫八戒，沙僧同去塔下等候。八戒笑着回头道："师父早点下来罢！莫要被月光钩起了凡心，又要累大师兄上毛颖山找寻玉兔儿去！"

他们下塔去讫，唐僧正襟打坐，凝神入定。他在定中，忽然听得空中有人喊道："圣僧随我来，了一件公案去者！"他觉得身体起在空中，跟着那人，在月光里飘到一个平阳大地，落下地来。他定神四看，只看见整千整万的异形怪状的鬼怪，也有像人形的，也有兽身人面的，也有完全兽形的，也有一身九头的，大都是浑身血污，破头折脚，肢体不全。这些鬼怪见唐僧来了，登时起了大扰攘，一霎时鬼哭魔嗥，喊声震天。唐僧只听得四方八面齐声喊着："唐僧还我命来！""唐僧还我命来！"

唐僧虽然身经无数灾难，到此也不免心惊胆颤。只听得那个同来的人低声说道："圣僧不必惊慌。小神奉菩萨法旨，引圣僧来此结束一件公案。这些冤魂都是圣僧从东土西来求经一路上所遇见的大小妖魔的鬼魂。他们当时妄想要吃圣僧一块肉，可以延寿一千年，所以在路上兴风作浪，与圣僧为难。幸有齐天大圣、天蓬元帅、卷帘大将，一路保护前来。这些都是金箍棒和钉钯底下的死鬼，因为得罪了圣僧，永永打入恶道，不得超生。现今他们都奉地藏王菩萨法旨，来到这里请圣僧结此公案。"

那人说完，唐僧一时没了主意，扯住那人问道："我的三个徒弟都不在我身边，叫我如何了得这件公案？"那人道："这件公案只有圣僧自了，齐天大圣诸人都助不得力。"

那人说完，拉住唐僧起在半空中，用手指着下面一队队的妖魔鬼魂，一一说与唐僧道："那边是双叉岭的老虎。那是两界山的老虎。那是五行山脚下被行者打死的六贼。那是鹰愁陡涧被龙吞了的马。那是观音禅院撞死的老和尚。那是黑风山的白花蛇与苍狼怪。那是黄风岭的虎先锋领着无数狐兔獐鹿的鬼魂。"

他转过身来，指道："那个女鬼是白虎岭的白骨夫人。那两个小孩子是碗子山波月洞黄袍怪的两个儿子，被八戒、沙僧掼死的。这边是平顶山莲花洞的几百小妖，领头的是压龙洞的九尾狐精和狐阿七大王。那边三个道士是车迟国的虎力大仙、鹿力大仙、羊力大仙。那边那个跬跬拜拜的老怪物乃是通天河里设计捉拿圣僧的老鼋婆，率领着一班打死的水怪鱼精。"

那人又转向右边，指道："那边百十个鬼魂乃是金峨山独角兕大王手下的小妖。这边二三十个人鬼乃是杨家庄上孙行者打死的贼人。那边是琵琶洞的蝎子精,这边是大闹西天的六耳猕猴。那边一大队是牛魔王的小夫人玉面公主领着摩云洞的小妖。这边一小群是碧波潭的老龙一家,同着他那九个头的驸马。"

说到这里,那人向前面一指,笑道:"圣僧想还认得这几位朋友!"唐僧细看时,却是荆棘岭上的十八公、孤直公、凌空子、拂云叟,杏仙一班花妖树怪。

那人又指道:"圣僧请看,那边纷纷攘攘的是小雷音黄眉大王的五七百个小妖,和狮驼洞的万数小妖。这边争争吵吵的是盘丝洞的七种蜂妖,黄花观的七个蜘蛛精,竹节山九曲盘桓洞的猱狮,雪狮等等七个狮精。前面那两盏大灯笼是稀柿衕的大蟒怪的一对眼睛。右边那个艾叶花皮豹子乃是隐雾山折岳连环洞的南山大王。左边那一大群牛,乃是金平府玄英洞的辟寒大王、辟暑大王、辟尘大王,领着他们手下的许多山牛精、水牛精、黄牛精。"

那人团团转了一遭,回头对唐僧说道:"圣僧,这一案里的人鬼妖魂全在这里了。地藏王菩萨的名籍上记着,这一案共有五万九千零四十九名。这都是当年要谋害圣僧的性命,要吃圣僧的肉想延寿长生的。圣僧如何处分这一案,想必自有权衡。小神交代明白,暂且告退。"说完,那人按落云头,把唐僧送在一座石磴上,竟自扬长腾空去了。

唐僧在半空中看了那几万个哀号的鬼魂,听了那惨惨凄凄的哭声,他的恐惧之心已完全化作慈悲不忍之心。他想到今天说过的白兔舍身的故事,想到佛家"无量慈悲"的教训,想到此身本是四大偶然和合,原无足系念。他主意已定,便自定心神,在石磴上举起双手,要大众鬼魂安静下来。

那时无数鬼魂看见唐僧站在月光中,庄严之中带着慈祥,个个都感觉着一种不可思议的威力。大众见他举起双手来,手心向下,月光正照在手背上,大众都渐渐安静下来。一会儿,真个全肃静了。

唐僧徐徐开言道:"列位朋友!贫僧上西天求经,一路上听得纷纷传说:'吃得唐僧一块肉,可以延寿长生。'非是贫僧舍不得这副臭皮囊:一来,贫僧实不敢相信这几根骨头,一包血肉,会真个有延年长命的神效;二来,贫僧奉命求经,经未求得,不敢轻易舍生。如今贫僧已求得大乘经典,有小徒三人可以赍送回大唐流布。今天难得列位朋友全在此地,这一副臭皮囊既承列位见爱,自当布施大众。惟愿各山洞主,各地魔王,各路冤魂,受此微薄布施,均得早早脱离地狱苦厄,超升天界,同登极乐!"

唐僧言讫,那数万鬼魂齐齐举手欢呼,鬼声啾杂,辨不出他们说的什么,只听得一片"聒噪!聒噪!"①"多谢布施!""快吃唐僧肉!"

唐僧又举起两手来,叫他们静听。他又说道:"列位朋友!请忍耐片刻。让贫僧留个遗表,给小徒带回大唐。"

好个玄奘和尚!他脱下袈裟,反铺在石磴上,他咬破右手中指,写下血书遗表:

  沙门玄奘言:臣奉命西来求法,历时一十七载,艰危万重,而凭恃天威,心愿获从。遂得见不见迹,闻未闻经。所求得大乘真

---

① 作者原注:"聒噪,聒噪"是道谢之词。《西游记》第九十四回大天竺国王赠送金银时,行者唱喏道:"聒噪!聒噪!"我们徽州绩溪土话向人道谢也说:"姑噪,姑噪。"大概聒噪与"姑噪"同出于一个语源。

> 经五千零四十八卷,今命徒弟悟空等赍送回朝,流布东土。惟求法弘愿已了,微躯已无足恋,兹于本日在婆罗涅斯国殑伽河上,舍命布施,下以超度途中枉死鬼魂,上以为国家祈天永命。临绝上闻,不尽依依。

他又留下遗嘱给行者三人:

> 玄奘赖尔等护持,得遂求经弘愿。经典至重,望尔等星夜赍送回朝。玄奘微躯已于今夜布施西天路上尔等所害诸枉死鬼魂,了此十七年公案。此是修菩萨行人本分内事,尔等不必哀伤。经典到达之日,即是玄奘不死之年。此嘱。

唐僧写完,将度牒裹在袈裟里,脱下紧身衣服,抽出十七年不曾用过的戒刀,坐在石磴上,从左腿上割下一块肉来,用刀尖挑了,递与靠近身旁的鬼魂,笑道:"这是唐僧肉,可惜不多,请你们每人吃一口罢。"一个小妖接过去,咬了一口,传递给第二人。这时唐僧又割下第二块肉来了。这些山妖水怪,被唐僧的大慈悲感动了,倒也讲点礼数,每人只咬一小口,不争多论少,也不争肥较瘦;吃了肉的都慢慢散开去,让没吃肉的挤近前来。唐僧一块一块的割去,血流下石磴,石磴面前成了血池。一些鱼精鳖怪,便跟着老鳜婆,在血池里喝血。盘丝洞里干儿子,——蜜蜂、蚂蜂、蚂蜂、班毛、牛蜢、抹蜡、蜻蜓,——也都飞来吸血。

唐僧把身上割得下的肉都割剔下来了,看看只剩得一个头颅,一只右手还不曾开割。说也奇怪,唐僧看见这几万饿鬼吃得起劲,嚼得有味,他心里只觉得快活,毫不觉得痛苦。

这时候，那团圞的月亮已快要落下地去，在长河那一边，月光平射过来，照着那个孤稜稜的和尚头，那头的黑影子足足有几里路长，在那几万鬼魂的顶上晃着。这时候，忽听得半空中一声"善哉！是真菩萨行！"唐僧抬起头来，只见世界大放光明，一切鬼魂都不见了。

唐僧如从大梦里醒来，定心一看，兀自坐在那三兽塔最高层上的石栏边，分毫不曾移动。抬头望那月亮已将落下地去，东方满天的红霞，太阳快起来了。他伸手摸腿上身上，全不见割剔的痕迹。他心里惊怪：难道是我在定中做了一场噩梦？正惊疑间，只听得塔的下层有脚步声响，行者与八戒上来，八戒喊道："师父出定了吗？天快亮了。"唐僧心里觉得快活，也不说破，站起来同他们下塔去。

下得塔来，只见沙僧牵着龙马，旁边立着八大金刚，齐声向唐僧道喜，说道："恭贺圣僧一夜之中，了得西来公案，圆成九九劫数！一念无量慈悲，三千大千诸佛菩萨同声赞叹。可贺可贺！"

行者三人都不懂得金刚说的话，争问师父夜来在塔上做了什么。唐僧不得已，把夜来的奇境说了一遍。说完，解开袈裟，看那里面隐隐约约的好像还有许多金字，细看时又都不见了。师徒四众都咨嗟称异。

八大金刚催道："圣僧功行完满，就此回东土去罢！"有偈为证：

吃得唐僧一块肉，五万九千齐上天。
如梦如电如泡影，一切皆作如是观。

（写于 1934 年 7 月，原载《学文月刊》1 卷 3 期，后收入《胡适论学近著》第 1 集卷 3。）

漫游的感想[1]

一 东西文化的界线

我离了北京,不上几天,到了哈尔滨。在此地我得了一个绝大的发现:我发现了东西文明的交界点。

哈尔滨本是俄国在远东侵略的一个重要中心。当初俄国人经营哈尔滨的时候,早就预备要把此地辟作一个二百万居民的大城,所以一切文明设备,应有尽有;几十年来,哈尔滨就成了北中国的上海。这是哈尔滨的租界,本地人叫做"道里",现在租界收回,改为特别区。

租界的影响,在几十年中,使附近的一个村庄逐渐发展,也变成

---

[1] 本篇共六则,陆续写于1927年8月。1926年7月胡适乘西伯利亚铁路火车赴英,出席中英庚款委员会全体会议。本文就是这次出访的产物。

了一个繁盛的大城。这是"道外"。

"道里"现在收归中国管理了。但俄国人的势力还是很大的,向来租界时代的许多旧习惯至今还保存着。其中的一种遗风就是不准用人力车(东洋车)。"道外"的街道上都是人力车。一到了"道里",只见电车与汽车,不见一部人力车。道外的东洋车可以拉到道里,但不准再拉客,只可拉空车回去。

我到了哈尔滨,看了道里与道外的区别,忍不住叹口气,自己想道:这不是东方文明与西方文明的交界点吗?东西洋文明的界线只是人力车文明与摩托车文明的界线——这是我的一大发现。

人力车又叫做东洋车,这真是确切不移。请看世界之上,人力车所至之地,北起哈尔滨,西至四川,南至南洋,东至日本,这不是东方文明的区域吗?

人力车代表的文明就是那用人作牛马的文明。摩托车代表的文明就是用人的心思才智制作出机械来代替人力的文明。把人作牛马看待,无论如何,够不上叫做精神文明。用人的智慧造作出机械来,减少人类的苦痛,便利人类的交通,增加人类的幸福,——这种文明却含有不少的理想主义,含有不少的精神文明的可能性。

我们坐在人力车上,眼看那些圆颅方趾的同胞努起筋肉,弯着背脊梁,流着血汗,替我们做牛做马,拖我们行远登高,为的是要挣几十个铜子去活命养家,——我们当此时候,不能不感谢那发明蒸汽机的大圣人,不能不感谢那发明电力的大圣人,不能不祝福那制作汽船汽车的大圣人:感谢他们的心思才智节省了人类多少精力,减除了人类多少苦痛!你们嫌我用"圣人"一个字吗?孔夫子不说过吗?"制而用之谓之器。利用出入,民咸用之,谓之神。"孔老先生还嫌"圣"字不够,他简直要尊他们为"神"呢!

二 摩托车的文明

去年八月十七日的《伦敦晚报》(*Evening Standard*)有下列的统计:

全世界的摩托车共二四,五九〇,〇〇〇辆。

全世界人口平均每七十一人有一辆摩托车。

美国每六人有车一辆。

加拿大与纽西兰每十二人有车一辆。

澳洲每二十人有车一辆。

今年一月十六日纽约的《国民周报》(*The Nation*)有下列的统计:

全世界摩托车　　　　　　　　　　二七,五〇〇,〇〇〇

美国摩托车　　　　　　　　　　　二二,三三〇,〇〇〇

美国摩托车数占全世界百分之八十一。

美国人口平均每五人有车一辆。

去年(1926)美国造的摩托车凡四百五十万辆,出口五十万辆。

美国的路上,无论是大城里或乡间,都是不断的汽车。《纽约时报》上曾说一个故事:有一个北方人驾着摩托车走过 Miami 的一条大道,他开的速度是每点钟三十五英里。后面一个驾着两轮摩托车的警察赶上来问他为什么挡住大路。他说,"我开的已是三十五里了。"警察喝道:"开六十里!"

今年三月里我到费城(Philadelphia)演讲，一个朋友请我到乡间 Haverford 去住一天。我和他同车往乡间去，到了一处，只见那边停着一二百辆摩托车。我说："这里开汽车赛会吗？"他用手指道："那边不在造房子吗？这些都是木匠泥水匠坐来做工的汽车。"

这真是一个摩托车的国家！木匠泥水匠坐了汽车去做工，大学教员自己开着汽车去上课，乡间儿童上学都有公共汽车接送，农家出的鸡蛋牛乳每天都自己用汽车送上火车或直送进城。十字街头，向来总有一两家酒店的；近年酒禁实行了，十字街头往往建着汽油的小站。车多了，停车的空场遂成为都市建筑的一个大问题。此外还发生了许多连带的问题，很能使都市因此改观。例如我到丹佛城(Danver)，看见墙上都没有街道的名字，我很诧异。后来才看见街名都用白漆写在马路两边的"行道"(Pavement or Side Walk)的底下，为的是要使夜间汽车灯光容易照着。这一件事便可以看出摩托车在都市经营上的影响了。

摩托车的文明的好处真是一言难尽。汽车公司近年通行"分月付款"的法子，使普通人家都可以购买汽车。据最近统计，去年一年之中美国人买的汽车有三分之二是分月付钱的。这种人家向来是不肯出远门的。如今有了汽车，旅行便利了，所以每日工作完毕之后，在家带了家中妻儿，自己开着汽车，到郊外去游玩；每星期日，可以全家到远地旅行游览。例如旧金山的"金门公园"，远在海滨，可以纵观太平洋上的水光岛色；每到星期日，四方男女来游的真是人山人海！这都是摩托车的恩赐。这种远游的便利可以增进健康，开拓眼界，增加知识，——这都是我们的轿子文明与人力车文明底下想象不到的幸福。

最大的功效还在人的官能的训练。人的四肢五官都是要训练的；不练就不灵巧了，久不练就迟钝麻木了。中国乡间的老百姓，看见汽车来了，往往手足失措，不知道怎样回避；你尽着呜呜地压着号筒，他们只听不见；连街上的狗与鸡也只是懒洋洋地踱来摆去，不知避开。但是你若把这班老百姓请到上海来，请他们从先施公司走到永安公司去，他们便不能不用耳目手足了。走过大马路的人，真如《封神传》上的黄天化说的"须要眼观四处，耳听八方"。你若眼不明，耳不听，手足不灵动，必难免危险。这便是摩托车文明的训练。

美国的汽车大概都是各人自己驾驶的。往往一家中，父母子女都会开车。人工贵了，只有顶富的人家可以雇人开车。这种开车的训练真是"胜读十年书"！你开着汽车，两手各有职务，两脚也各有职务，眼要观四处，耳要听八方，还要手足眼耳一时并用，同力合作。你不但要会开车，还要会修车；随你是什么大学教授、诗人诗哲，到了半路车坏的时候，也不能不卷起袖管，替机器医病。什么书呆子，书蹀头，傻瓜，若受了这种训练，都不会四体不勤，五官不灵了。你们不常听见人说大学教授"心不在焉"的笑话吗？我这回新到美国，有些大学教授如孟录博士等请我坐他们自己开的车，我总觉得有点栗栗危惧，怕他们开到半路上忽然想起什么哲学问题或天文学问题来，那才危险呢！便是我经过几回之后，才觉得这些大学教授已受了摩托车文明的洗礼，把从前的"心不在焉"的呆气都赶跑了，坐在轮子前便一心在轮子上，手足也灵活了，耳目也聪明了！猗欤休哉！摩托车的教育！

三　一个劳工代表

有些自命"先知"的人常常说:"美国的物质发展终有到头的一天;到了物质文明破产的时候,社会革命便起来了。"

我可以武断地说:美国是不会有社会革命的,因为美国天天在社会革命之中。这种革命是渐进的,天天有进步,故天天是革命。如所得税的实行,不过是十四年来的事,然而现在所得税已成了国家税收的一大宗,巨富的家私有纳税百分之五十以上的。这种"社会化"的现象随地都可以看见。从前马克思派的经济学者说资本愈集中则财产所有权也愈集中,必做到资本全归极少数人之手的地步。但美国近年的变化却是资本集中而所有权分散在民众。一个公司可以有一万万的资本,而股票可由雇员与工人购买,故一万万元的资本就不妨有一万人的股东。近年移民进口的限制加严,贱工绝迹,故国内工资天天增涨;工人收入既丰,多有积蓄,往往购买股票,逐渐成为小资本家。不但白人如此,黑人的生活也逐渐抬高。纽约城的哈伦区,向为白人居住的,十年之中土地房屋全被发财的黑人买去了,遂成了一片五十万人的黑人区域。人人都可以做有产阶级,故阶级战争的煽动不发生效力。

我且说一个故事。

我在纽约时,有一次被邀去参加一个"两周讨论会"(Fortnightly Forum)。这一次讨论的题目是"我们这个时代应该叫什么时代?"十八世纪是"理智时代",十九世纪是"民治时代",这个时期应该叫什么?究竟是好是坏?

依这个讨论会规矩,这一次请了六位客人作辩论员:一个是俄国克伦斯基革命政府①的交通总长;一个是印度人;一个是我;一个是有名的"效率工程师"(Efficiency Engineer),是一位老女士;一个是纽约有名的牧师 Holmes;一个是工会代表。

有些人的话是可以预料的。那位印度人一定痛骂这个物质文明时代;那位俄国交通总长一定痛骂鲍尔雪维克②;那位牧师一定是很悲观的;我一定是很乐观的;那位女效率专家一定鼓吹她的效率主义。一言表过不提。

单说那位劳工代表 Frahne(?)先生。他站起来演说了。他穿着晚餐礼服,挺着雪白的硬衬衫,头发苍白了。他站起来,一手向里面衣袋里抽出一卷打字的演说稿,一手向外面袋里摸出眼镜盒,取出眼镜戴上。他高声演说了。

他一开口便使我诧异。他说:我们这个时代可以说是人类有历史以来最好的伟大的时代,最可惊叹的时代。

这是他的主文。以下他一条一条地举例来证明这个主旨。他先说科学的进步,尤其注重医学的发明;次说工业的进步;次说美术的新贡献,特别注重近年的新音乐与新建筑。最后他叙述社会的进步,列举资本制裁的成绩,劳工待遇的改善,教育的普及,幸福的增加。他在十二分钟之内描写世界人类各方面的大进步,证明这个时代是人类有史以来最好的时代。

我听了他的演说,忍不住对自己说道:这才是真正的社会革命。

---

① 指俄国 1905 年资产阶级革命后的政府。
② 布尔什维克。

社会革命的目的就是要做到向来被压迫的社会分子能站在大庭广众之中歌颂他的时代为人类有史以来最好的时代。

四　往西去！

我在莫斯科住了三天,见着一些中国共产党的朋友,他们很劝我在俄国多考察一些时。我因为要赶到英国去开会,所以不能久留。那时冯玉祥将军在莫斯科郊外避暑,我听说他很崇拜苏俄,常常绘画列宁的肖像。我对他的秘书刘伯坚诸君说:我很盼望冯先生从俄国向西去看看。即使不能看美国,至少也应该看看德国。

我的老朋友李大钊先生在他被捕之前一两月曾对北京朋友说:"我们应该写信给适之,劝他仍旧从俄国回来,不要让他往西去打美国回来。"但他说这话时,我早已到了美国了。

我希望冯玉祥先生带了他的朋友往西去看看德国美国;李大钊先生却希望我不要往西去。要明白此中的意义,且听我再说一件有趣味的故事。

我在日本时,同了马伯援先生去访问日本最有名的经济学家福田德三博士。我说:"福田先生,听说先生新近到欧洲游历回来之后,先生的思想主张颇有改变,这话可靠吗？"

他说:"没有什么大的改变。"

我问:"改变的大致是什么？"

他说:"从前我主张社会政策;这次从欧洲回来之后,我不主张这种妥协的缓和的社会政策了。我现在以为这其间只有两条路:不是纯粹的马克思派社会主义,就是纯粹的资本主义。没有第三条路。"

我说:"可惜先生到了欧洲不曾走的远点,索性到美国去看看,也许可以看见第三条路,也未可知。"

福田博士摇头说:"美国我不敢去,我怕到了美国会把我的学说完全推翻了。"

我说:"先生这话使我颇失望。学者似乎应该尊重事实。若事实可以推翻学说,那么,我们似乎应该抛弃那学说,另寻更满意的假设。"

福田博士摇头说:"我不敢到美国去。我今年五十五了,等到我六十岁时,我的思想定了,不会改变了,那时候我要往美国看看去。"

* * * *

这一次的谈话给了我一个绝大的刺激。世间的大问题决不是一两个抽象名词(如"资本主义"、"共产主义"等等)所能完全包括的。最要紧的是事实。现今许多朋友却只高谈主义,不肯看看事实。孙中山先生曾引外国俗语说"社会主义有五十七种,不知那一种是真的"。岂但社会主义有五十七种?资本主义还不止五百七十种呢!拿一个"赤"字抹杀新运动,那是张作霖、吴佩孚的把戏。然而拿一个"资本主义"来抹杀一切现代国家,这种眼光究竟比张作霖、吴佩孚高明多少?

朋友们,不要笑那位日本学者。他还知道美国有些事实足以动摇他的学说,所以他不敢去。我们之中却有许多人决不承认世上会有事实足以动摇我们的迷信的。

五 东方人的"精神生活"

我到纽约后的第十天—— 一月二十一日——《纽约时报》上登

出一条很有趣味的新闻：

昨天下午一点钟，纽吉赛邦的恩格儿坞（Englewood, N. J.）的山郎先生住宅面前，围了许多男男女女，小孩子，小狗，等着要看一位埃及道人（Fakir）名叫哈密（Hamid Bey）的被活埋的奇事。

哈密道人站在那掘好的坟坑旁边；微微的雨点洒在他的飘飘的长袍上。他身边站着两个同道的助手。

人越来越多了。到了一点一分的时候，哈密道人忽然倒在地下，不省人事了。两个请来的医生同了三个报馆访员动手把他的耳朵、鼻子、嘴，都用棉花塞好。随后便有人来把哈密道人抬下坟坑，放在坟里的内穴里。他脸上撒了一薄层的沙。内穴上面用木板盖好。

内穴上面还有三尺深的空坑，他们也用泥土填满了。填满了后，活埋的工作算完了。

到场的许多人都走进山郎先生的家里去吃茶点。山郎夫人未嫁之前就是那位绰号"千眼姑娘"的李麻小姐。她在那边招待来宾，大家谈着"人生无涯"一类的问题，静候那活埋道人的复活。

一点钟过去了。……一点半过去了。……两点钟过去了。……

到了下午四点，三个爱尔兰的工人动手把坟掘开。三个黑种工人站在旁边陪着，——也许是给那三个白种同伴镇压邪鬼罢。

四点钟敲过不久，哈密道人扶起来了。扶到了空气里，他便颤动了,渐渐活过来了。他低低地喊了一声"胡帝尼",微微一笑,他回生了。

他未埋之先,医生验过他的脉跳是七十二,呼吸是十八。复活之后,脉跳与呼吸仍是七十二与十八。他在坑里足足埋了两点五十二分。

这回的安排布置全是勒乌公司(Loew's)的杜纳先生办理的。杜纳先生说,本想同这位埃及道人订一个"杂耍戏"的契约,不过还得考虑一会,因为看戏的人等不得三个钟头就都会跑光了。

哈密道人却很得意,他说他还可以活埋三天咧。

* * * *

美国是个有钱的地方,世界各国的奇奇怪怪的宗教掮客都赶到这里来招揽信徒,炫卖花样。前一年,有个埃及道人名叫拉曼(Rahman)的,自称能收敛心神,停止呼吸。他当大众试验,闭在铁棺内,沉在赫贞河里,过一点钟之久。当时美国有大幻术胡帝尼(Harry Houdini)研究此事,说这不是停止呼吸,乃是一种"浅呼吸",是可以操练出来的。胡帝尼自己练习,到了去年夏间,他也公开试验:睡在铁棺里,叫人沉在纽约谢尔敦大旅馆的水池里,过了一点半钟,方才捞起来。开棺之后,依然复生,不过脉跳增加至一百四十二跳而已。胡帝尼的成绩比拉曼加长半点钟,颇能使人明白这种把戏不过是一种技术上的训练,并没有什么精神作用。

胡帝尼死后,这班东方道人还不服气,所以有今年一月二十日哈密道人的公开试验。哈密的成绩又比胡帝尼加长了八十二分钟,应该够得上和勒乌公司订六个月的"杂耍戏"的契约了,然而杜纳先生又嫌活埋三点钟太干燥无味了,怕不能号召看戏的群众!可惜,可惜!大概哈密先生和他的道友们后来仍旧回到东方去继续他们的"内心生活"了罢。

胡帝尼的试验的精神是很可佩服的。其实即使这班东方道人真能活埋三点钟以至三天,完全停止呼吸,这又算得什么精神生活?这里面那有什么"精神的分子"?泥里的蚯蚓,以至一切冬天蛰伏的爬虫,不是都能这样吗?

六　麻将

前几年,麻将牌忽然行到海外,成为出口货的一宗。欧洲与美洲的社会里,很有许多人学打麻将的;后来日本也传染到了。有一个时期,麻将竟成了西洋社会里最时髦的一种游戏:俱乐部里差不多桌桌都是麻将,书店里出了许多种研究麻将的小册子,中国留学生没有钱的可以靠教麻将吃饭挣钱。欧美人竟发了麻将狂热了。

谁也梦想不到东方文明征服西洋的先锋队却是那一百三十六个麻将军!

这回我从西伯利亚到欧洲,从欧洲到美洲,从美洲到日本,十个月之中,只有一次在日本京都的一个俱乐部里看见有人打麻将牌。在欧美简直看不见麻将了。我曾问过欧洲和美国的朋友,他们说:"妇女俱乐部里,偶然还可以看见一桌两桌打麻将的,但那是很少的事了。"我在美国人家里,也常看见麻将牌盒子——雕刻装潢很精致的——陈列在室内,有时一家竟有两三副的。但从不见主人主妇谈起麻将;他们从不向我这位麻将国的代表请教此中的玄妙!麻将在西洋已成了架上的古玩了;麻将的狂热已退凉了。

我问一个美国朋友,为什么麻将的狂热过去的这样快?他说:"女士太太们喜欢麻将,男子们却很反对,终于是男子们战胜了。"

这是我们意想得到的。西洋的勤劳奋斗的民族决不会做麻将的信徒,决不会受麻将的征服。麻将只是我们这种好闲爱荡、不爱惜光阴的"精神文明"的中华民族的专利品。

当明朝晚年,民间盛行一种纸牌,名为"马吊"。马吊中有四十张牌,有一文至九文,一千至九千,一万至九万等,等于麻将牌的筒子,索子,万子。还有一张"零",即是"白板"的祖宗。还有一张"千万",即是徽州纸牌的"千万"。马吊牌上每张上画有《水浒传》的人物。徽州纸牌上的"王英"即是矮脚虎王英的遗迹。乾隆嘉庆间人汪师韩的全集里收有几种明人的马吊牌(在《丛睦汪氏丛书》内)。

马吊在当日风行一时,士大夫整日整夜的打马吊,把正事都荒废了。所以明亡之后,吴梅村作《绥寇纪略》说,明之亡是亡于马吊。

三百年来,四十张的马吊逐渐演变,变成每样五张的纸牌,近七八十年中又变为每样四张的麻将牌。(马吊三人对一人,故名"马吊脚",省称"马吊";"麻将"称"麻雀"的音变,"麻雀"为"马脚"的音变。)越变越繁复巧妙了,所以更能迷惑人心,使国中的男男女女,无论富贵贫贱,不分日夜寒暑,把精力和光阴葬送在这一百三十六张牌上。

英国的"国戏"是 Cricket[①],美国的国戏是 Baseball[②],日本的国戏是角抵。中国呢?中国的国戏是麻将。

---

① 板球。

② 棒球。

麻将平均每四圈费时约两点钟。少说一点,全国每日只有一百万桌麻将,每桌只打八圈,就得费四百万点钟,就是损失十六万七千日的光阴,金钱的输赢,精力的消磨,都还在外。

我们走遍世界,可曾看见那一个长进的民族,文明的国家,肯这样荒时废业的吗?一个留学日本的朋友对我说:"日本人的勤苦真不可及!到了晚上,登高一望,家家板屋里都是灯光;灯光之下,不是少年人跳着读书,便是老年人跪着翻书,或是老妇人跪着做活计。到了天明,满街上,满电车上都是上学去的儿童。单只这一点勤苦就可以征服我们了。"

其实何止日本?凡是长进的民族都是这样的。只有咱们这种不长进的民族以"闲"为幸福,以"消闲"为急务,男人以打麻将为消闲,女人以打麻将为家常,老太婆以打麻将为下半生的大事业!

从前的革新家说中国有三害:鸦片,八股,小脚。鸦片虽然没禁绝,总算是犯法的了。虽然还有做"洋八股"与更时髦的"党八股"的,但八股的四书文是过去的了。小脚也差不多没有了。只有这第四害,麻将,还是日兴月盛,没有一点衰歇的样子,没有人说它是可以亡国的大害。新近麻将先生居然大摇大摆地跑到西洋去招摇一次,几乎做了鸦片与杨梅疮的还敬礼物。但如今它仍旧缩回来了,仍旧回来做东方精神文明的国家的国粹,国戏!

后　记

《漫游的感想》本不止这六条,我预备写四五十条,作成一本游记。但我当时正在赶写《白话文学史》,忙不过来,便把游记搁下来了。

现在我把这六条保存在这里,因为游记专书大概是写不成的了。

十九,三,十,胡适。

(原分别载于《现代评论》6卷140期、141期、145期。后收入《胡适文存三集》卷1。)

自述回想

我母亲管束我最严,她是慈母兼任严父。但她从来不在别人面前骂我一句,打我一下。我做错了事,她只对我一望,我看了她的严厉眼光,就吓住了。

十七年的回顾

我于前清光绪三十年的二月间从徽州到上海求那当时所谓"新学"。我进梅溪学堂后不到两个月,《时报》便出版了。那时正当日俄战争初起的时候,全国的人心大震动。但是当时的几家老报纸仍旧做那长篇的古文论说,仍旧保守那遗传下来的老格式与老办法,故不能供给当时的需要。就是那比较稍新的《中外日报》也不能满足许多人的期望。《时报》应此时势而产生。他的内容与办法也确然能够打破上海报界的许多老习惯,能够开辟许多新法门,能够引起许多新兴趣。因此《时报》出世之后不久就成了中国智识阶级的一个宠儿。几年之后《时报》与学校几乎成了不可分离的伴侣了。

我那年只有十四岁,求知的欲望正盛,又颇有一点文学的兴趣,因此我当时对于《时报》的感情比对于别报都更好些。我在上海住了六年,几乎没有一天不看《时报》的。我记得有一次《时报》征求报上登的一部小说的全份,似乎是《火里罪人》,我也是送去应征的许多人中的一个。我当时把《时报》上的许多小说诗话笔记长篇的专著都剪下来分粘成小册子,若有一天的报遗失了,我心里便不快乐。总想设法把它补起来。

我现在回想当时我们那些少年人何以这样爱恋《时报》呢?我想有两个大原因:

第一,《时报》的短评在当日是一种创体,做的人也聚精会神的大胆说话,故能引起许多人的注意,故能在读者脑筋里发生有力的影响。我记得《时报》产生的第一年里有几件大案子:一件是周生有案,一件是大闹会审公堂案。《时报》对于这几件事都有很明决的主张,每日不但有"冷"的短评,有时还有几个人的签名短评,同时登出。这种短评在现在已成了日报的常套了,在当时却是一种文体的革新。用简短的词句,用冷隽明利的口吻,几乎逐句分段,使读者一目了然,不消费工夫去点句分段,不消费工夫去寻思考索。当日看报人的程度还在幼稚时代,这种明快冷刻的短评正合当时的需要。我还记得当周生有案快结束的时候,我受了《时报》短评的影响,痛恨上海道袁树勋的丧失国权,曾和两个同学写了一封长信去痛骂他。这也可见《时报》当日对于一般少年人的影响之大。这确是《时报》的一大贡献。我们试看这种短评,在这十七年来,逐渐变成了中国报界的公用文体,这就可见他们的用处与他们的魔力了。

第二,《时报》在当日确能引起一般少年人的文学兴趣。中国报纸登载小说大概最早的要算徐家汇的《汇报》。那时我还没有出世呢。但《汇报》登的小说一大部分后来汇刻为《兰苕馆外史》,都是《聊斋》式的怪异小说,没有什么影响。戊戌以后,杂志里时时有译著的小说出现。专提倡小说的杂志也有了几种,例如《新小说》及《绣像小说》(商务)。日报之中只有《繁华报》(一种花报),逐日登载李伯元的小说。那些"大报"好像还不屑做这种事业。(这一点我不敢断定,我那时年纪太小了,看的报又不多,不知《时报》以前的大报有没有登小说的。)那时的几个大报大概都是很干燥枯寂的,他们至多不过能做一两篇合于古文义法的长篇论说罢了。《时报》出世以后每日登载"冷"或"笑"译著的小说,有时每日有两种冷血先生的白话小说,在当时译界中确要算很好的译笔。他有时自己也做一两篇短篇小说,如福尔摩斯来华侦探案等,也是中国人做新体短篇小说最早的一段历史。《时报》登的许多小说之中,《双泪碑》最风行。但依我看来,还应该推那些白话译本为最好。这些译本如《销金窟》之类,用很畅达的文笔,作很自由的翻译,在当时最为适用。倘《几道山恩仇记》(Count of monte eristo)[1]全书都能像《销金窟》(此乃《恩仇记》的一部分)这样的译出,这部名著在中国一定也会成了一部"家喻户晓"的小说了。《时报》当日还有《平等阁诗话》一栏,对于现代诗人的介绍,选择很精。诗话虽不如小说之风行,也很能引起许多人的文学兴趣。我关于现代中国诗的知识差不多都是先从这部诗话里引起的。

我们可以说《时报》的第二个大贡献是为中国日报界开辟一种带文学兴趣的"附张"。自从《时报》出世以来,这种文学附张的需要也渐渐的成为日报界公认的了。

这两件都是比较最大的贡献。此外如专电及要闻,分别轻重,参用大小字,如专电的加多等等,在当日都是日报界的革新事业,在今

---

[1] 现译《基督山恩仇记》,法国大仲马的作品。

日也都成为习惯,不觉得新鲜了。我们若回头去研究这许多习惯的由来,自不能不承认《时报》在中国日报史上的大功劳。简单说来,《时报》的贡献是在十七年前发起了几件重要的新改革。这几件新改革因为适合时代的需要,故后来的报纸也不能不尽量采用,就渐渐的变成中国日报不可少的制度了。

我是同《时报》做了六年好朋友的人,庚戌去国以后,虽然不能有从前的亲密,但也时常相见;现在看见《时报》长大成了一个十七岁的少年,我自然很欢喜。我回想我从前十四岁到十九岁的六年之中——一个人最重要最容易感化的时期——受了《时报》的许多好影响,故很高兴的把我少年时对于《时报》的关系写出来,指出它对于当时读者和对于中国报界的贡献,作为《时报》的一段小史,并且表示我感谢它祝贺它的微意。

但是我们当此庆贺的纪念,与其追念过去的成功,远不如悬想将来的进步。过去的成绩只应该鼓励现在的人努力造一个更大更好的将来,这是"时"字的教训。倘若过去的光荣只使后来的人增加自满的心,不再求进步,那就像一个辛苦积钱的人成了家私之后天天捧着元宝玩弄,岂不成了一个守钱虏了吗?

我们都知道时代是常常变迁的,往往前一时代的需要,到了后一时代便不适用了。《时报》当日应时势的需要,为日报界开了许多法门,但当日所谓"新"的,现在已成旧习惯了,当日所谓"时"的,现在早已过时了。《时报》在当日是报界的先锋,但十七年来旧报都改新了,新报也出了不少了,当日的先锋在今日竟同着大队按步徐行了。大队今日之赶上先锋,自然未必不是先锋的功劳,但做先锋的人还应该努力向前争这个"先锋"的位置。我今年在上海时曾和《时报》的一位先生谈话,他说,"日报"不当做先锋,因为日报是要给大多数人看的。这位先生也是当日做先锋的人,这句话未免使我大失望。我以为日报因为是给大多数人看的,故最应该做先锋,故最适宜于做先锋。何以最适宜呢?因为日报能普及许多人,又可用"旦旦而伐之"的死工夫,故日报的势力最难抵抗,最易发生效果。何以最应该呢?因为日报既是这样有力的一种社会工具,若不肯做先锋,若自甘随着大队同行,岂不是放弃了一种大责任?岂不是错过了一个好机会?岂不是辜负了一种大委托吗?

即如《时报》早年的历史,便是一个明显的例。《时报》在当日为什么不跟着大家做长篇的古文论说呢?为什么要改作短评呢?为什么要加添文学的附录呢?《时报》倡出这种种制度之后,十几年之中,全国的日报都跟着变了,全国的看报人也不知不觉的变了。那几十万的读者,十几年来,从没有一个人出来反对某报某报体例的变更的。这就可见那大多数看报的人虽然不免有点天然的惰性,究竟抵不住"旦旦而伐之"的提倡力。假使《申报》今天忽然大变政策,大谈社会主义,难道那看《申报》的人明天就会不看《申报》了吗?又假使《新闻报》明天忽然大变政策,一律改用白话,难道那看《新闻报》的人后天就会不看《新闻报》了吗?我可以说:"决不会的。"看报人的守旧性乃是主笔先生的疑心暗鬼。主笔先生自己丧失了"先锋"的锐气,故觉得社会上多数人都不愿他努力向前。譬如戴绿眼镜的人看着一切东西都变绿了,如果他要知道荷花是红的,金子是黄的,他须得把这副绿眼镜除下来试试看。今天是《时报》新屋落成的纪念,也是它除旧布新的一个转机,我这个同《时报》一块长大的小时朋友,对它的祝词,只是:"《时报》是做过先锋的,是一个立过大功的先锋,我希望它不必抛弃了先锋的地位,我希望它发愤向前努力替社会开先路,正如它在十七年前替中国报界开了许多先路!"

十,十,三。北京。

(原载于1921年10月10日《时报》。后收入《胡适文存二集》。)

九年的家乡教育

一

我生在光绪十七年十一月十七日(1891年12月17日),那时候我家寄住在上海大东门外。我生后两个月,我父亲被台湾巡抚邵友濂奏调往台湾;江苏巡抚奏请免调,没有效果。我父亲于十八年二月底到台湾,我母亲和我搬到川沙住了一年。十九年(1893)二月二十六日我们一家(我母,四叔介如,二哥嗣秬,三哥嗣秠)也从上海到台湾。我们在台南住了十个月。十九年五月,我父亲做台东直隶州知州,兼统镇海后军各营。台东是新设的州,一切草创,故我父不带家眷去。到十九年底,我们才到台东。我们在台东住了整一年。

甲午(1894)中日战争开始,台湾也在备战的区域,恰好介如四叔来台湾,我父亲便托他把家眷送回徽州故乡,只留二哥嗣秬跟着他在台东。我们于乙未年(1895)正月离开台湾,二月初十日从上海起程回绩溪故乡。

那年四月,中日和议成,把台湾割让给日本。台湾绅民反对割台,要求巡抚唐景崧坚守。唐景崧请西洋各国出来干涉,各国不允。台人公请唐为台湾民主国大总统,帮办军务刘永福为主军大总统。我父亲在台东办后山的防务,电报已不通,饷源已断绝。那时他已得脚气病,左脚已不能行动。他守到闰五月初三日,始离开后山。到安平时,刘永福苦苦留他帮忙,不肯放行。到六月二十五日,他双脚都不能动了,刘永福始放他行。六月二十八日到厦门,手足俱不能动了。七月初三日他死在厦门,成为东亚第一个民主国的第一个牺牲者!

这时候我只有三岁零八个月。我仿佛记得我父死信到家时,我母亲正在家中老屋的前堂,她坐在房门口的椅子上。她听见读信人读到我父亲的死信,身子往后一倒,连椅子倒在房门槛上。东边房门口坐的珍伯母也放声大哭起来。一时满屋都是哭声,我只觉得天地都翻覆了!我只仿佛记得这一点凄惨的情状,其余都不记得了。

二

我父亲死时,我母亲只有二十三岁。我父初娶冯氏,结婚不久便遭太平天国之乱,同治二年(1863)死在兵乱里。次娶曹氏,生了三个儿子,三个女儿,死于光绪四年(1878)。我父亲因家贫,又有志远游,故久不续娶。到光绪十五年(1889),他在江苏候补,生活稍稍安定,他才续娶我的母亲。我母亲结婚后三天,我的大哥嗣稼也娶亲了。那时我的大姊已出嫁生了儿子。大姊比我母亲大七岁。大哥比她大两岁。

二姊是从小抱给人家的。三姊比我母亲小三岁,二哥三哥(孪生的)比她小四岁。这样一个家庭里忽然来了一个十七岁的后母,她的地位自然十分困难。她的生活自然免不了苦痛。

结婚后不久,我父亲把她接到上海同住。她脱离了大家庭的痛苦,我父又很爱她,每日在百忙中教她认字读书,这几年的生活是很快乐的。我小时也很得父亲钟爱,不满三岁时,他就把教我母亲的红纸方字教我认。父亲作教师,母亲便在旁作助教。我认的是生字,她便借此温她的熟字。他太忙时,她就是代理教师。我们离开台湾时,她认得了近千字,我也认了七百多字。这些方字都是我父亲亲手写的楷字,我母亲终身保存着,因为这些方块红笺上都是我们三个人的最神圣的团居生活的纪念。

我母亲二十三岁就做了寡妇,从此以后,又过了二十三年。这二十三年的生活真是十分苦痛的生活,只因为还有我这一点骨血,她含辛茹苦,把全副希望寄托在我的渺茫不可知的将来,这一点希望居然使她挣扎着活了二十三年。

我父亲在临死之前两个多月,写了几张遗嘱,我母亲和四个儿子每人各有一张,每张只有几句话。给我母亲的遗嘱上说糜儿(我的名字叫嗣糜,糜字音门)天资聪明,应该令他读书。给我的遗嘱也教我努力读书上进。这寥寥几句话在我的一生很有重大的影响。我十一岁的时候,二哥和三哥都在家,有一天我母亲问他们道:"糜今年十一岁了。你老子叫他念书。你们看看他念书念得出吗?"二哥不肯开口,三哥冷笑道:"哼,念书!"二哥始终没有说什么。我母亲忍气坐了一会,回到房里才敢掉眼泪。她不敢得罪他们,因为一家的财政权全在二哥的手里,我若出门求学是要靠他供给学费的。所以她只能掉眼泪,终不敢哭。

但父亲的遗嘱究竟是父亲的遗嘱,我是应该念书的。况且我小时很聪明,四乡的人都知道三先生的小儿子是能够念书的。所以隔了两年,三哥往上海医肺病,我就跟他出门求学了。

三

我在台湾时,大病了半年,故身体很弱。回家乡时,我号称五岁了,还不能跨一个七八寸高的门槛。但我母亲望我念书的心很切,故到家的时候,我才满三岁零几个月,就在我四叔父介如先生(名玠)的学堂里读书了。我的身体太小,他们抱我坐在一只高凳子上面。我坐上了就爬不下来,还要别人抱下来。但我在学堂并不算最低级的学生,因为我进学堂之前已认得近一千字了。

因为我的程度不算"破蒙"的学生,故我不须念《三字经》,《千字文》,《百家姓》,《神童诗》一类的书。我念的第一部书是我父亲自己编的一部四言韵文,叫做《学为人诗》,他亲笔抄写了给我的。这部书说的是做人的道理。我把开头几行抄在这里:

> 为人之道,在率其性。
> 子臣弟友,循理之正;
> 谨乎庸言,勉乎庸行;
> 以学为人,以期作圣。……

以下分说五伦。最后三节,因为可以代表我父亲的思想,我也抄在这里：

> 五常之中，不幸有变，
> 名分攸关，不容稍紊。
> 义之所在，身可以殉。
> 求仁得仁，无所尤怨。

> 古之学者，察于人伦，
> 因亲及亲，九族克敦；
> 因爱推爱，万物同仁。
> 能尽其性，斯为圣人。

> 经籍所载，师儒所述，
> 为人之道，非有他术；
> 穷理致知，返躬践实，
> 黾勉于学，守道勿失。

我念的第二部书也是我父亲编的一部四言韵文，名叫《原学》，是一部略述哲理的书。这两部书虽是韵文，先生仍讲不了，我也懂不了。

我念的第三部书叫做《律诗六抄》，我不记得是谁选的了。三十多年来，我不曾重见这部书，故没有机会考出此书的编者；依我的猜测，似是姚鼐的选本，但我不敢坚持此说。这一册诗全是律诗，我读了虽不懂得，却背的很熟。至今回忆，却完全不记得了。

我虽不曾读过《三字经》等书，却因为听惯了别的小孩子高声诵

读,我也能背这些书的一部分,尤其是那五七言的《神童诗》我差不多能从头背到底。这本书后面的七言句子,如:

> 人心曲曲弯弯水,
> 世事重重叠叠山。

我当时虽不懂得其中的意义,却常常嘴上爱念着玩,大概也是因为喜欢那些重字双声的缘故。

我念的第四部书以下,除了《诗经》,就都是散文了。我依诵读的次序,把这些书名写在下面:

(4)《孝经》。

(5) 朱子的《小学》,江永集注本。

(6)《论语》。以下四书皆用朱子注本。

(7)《孟子》。

(8)《大学》与《中庸》。(四书皆连注文读。)

(9)《诗经》,朱子集传本。(注文读一部分。)

(10)《书经》,蔡沈注本。(以下三书不读注文。)

(11)《易经》,朱子本义本。

(12)《礼记》,陈澔注本。

读到了《论语》的下半部,我的四叔父介如先生选了颍州府阜阳县的训导,要上任去了,就把家塾移交给族兄禹臣先生(名观象)。四叔是个绅董,常常被本族或外村请出去议事或和案子;他又喜欢打纸牌(徽州纸牌,每副一百五十五张),常常被明达叔公,映基叔,祝封叔,茂张叔等人邀去打牌。所以我们的功课很松,四叔往往在出门之前,给我们"上一进书",叫我们自己念;他到天将黑时,回来一趟,把我们的习字纸加了圈,放了学,才又出门去。

四叔的学堂里只有两个学生,一个是我,一个是四叔的儿子嗣秋,比我大几岁。嗣秋承继给瑜婶。(星五伯公的二子,珍伯瑜叔,皆无子,我家三哥承继珍伯,秋哥承继瑜婶。)她很溺爱他,不肯管束他,故四叔一走开,秋哥就溜到灶下或后堂去玩了。(他们和四叔住一屋,学堂在这屋的东边小屋内。)我的母亲管的严厉,我又不大觉得念书是苦事,故我一个人坐在学堂里温书念书,到天黑才回家。

禹臣先生接收家塾后,学生就增多了。先是五个,后来添到十多个,四叔家的小屋不够用了,就移到一所大屋——名叫来新书屋——里去。最初添的三个学生,有两个是守瓒叔的儿子,嗣昭,嗣逖。嗣昭比我大两三岁,天资不算笨,却不爱读书,最爱"逃学",我们土话叫做"赖学"。他逃出去,往往躲在麦田或稻田里,宁可睡在田里挨饿,却不愿念书。先生往往差嗣秋去捉;有时候,嗣昭被捉回来了,总得挨一顿毒打;有时候,连嗣秋也不回来了,——乐得不回来,因为这是"奉命差遣",不算是逃学!

我常觉得奇怪,为什么嗣昭要逃学?为什么一个人情愿挨饿挨打,挨大家笑骂,而不情愿念书?后来我稍懂得世事,才明白了。瓒叔自小在江西做生意,后来在九江开布店,才娶妻生子;一家人都说江西话,回家乡时,嗣昭弟兄都不容易改口音;说话改了,而嗣昭念书常带江西音,常常因此吃戒方或吃"作瘤栗"(钩起五指,打在头上,常打起瘤子,故叫做"作瘤栗")。这是先生不原谅,难怪他不愿念书。

还有一个原因。我们家乡的蒙馆学金太轻,每个学生每年只送两块银元。先生对于这一类学生,自然不肯耐心教书,每天只教他们念死书,背死书,从来不肯为他们"讲学"。小学生初念有韵的书,也还不十分叫苦。后来念《幼学琼林》,"四书"一类的散文,他们自然毫不觉得有趣味,因为全不懂得书中说的是什么。因为这个缘故,许多学生常常赖学;先有嗣昭,后来有个士祥,都是有名的"赖学胚"。他们都属于这每年两元钱的阶级。因为逃学,先生生了气,打的更厉害。越打的厉害,他们越要逃学。

我一个人不属于这"两元"的阶级,我母亲渴望我读书,故学金特别优厚,第一年就送六块钱,以后每年增加,最后一年加到十二元。这样的学金,在家乡要算"打破纪录"的了。我母亲大概是受了我父亲的叮咛,她嘱托四叔和禹臣先生为我"讲书":每读一字,须讲一字的意思;每读一句,须讲一句的意思。我先已认得了近千个"方字",每个字都经过父母的讲解,故进学堂之后,不觉得很苦。念的几本书虽然有许多是乡里先生讲不明白的,但每天总遇着几句可懂的话。我最喜欢朱子《小学》里的记述古人行事的部分,因为那些部分最容易懂得,所以比较最有趣味。同学之中有念《幼学琼林》的,我常常帮他们的忙,教他们不认得的生字,因此常常借这些书看,他们念大字,我却最爱看《幼学琼林》的小注,因为注文中有许多神话和故事,比"四书""五经"有趣味多了。

有一天,一件小事使我忽然明白我母亲增加学金的大恩惠。一个同学的母亲来请禹臣先生代写家信给她的丈夫,信写成了,先生交她的儿子晚上带回家去。一会儿,先生出门去了,这位同学把家信抽出来偷看。他忽然过来问我道:"穈,这信上第一句'父亲大人膝下'是什么意思?"他比我只小一岁,也念过"四书",却不懂"父亲大人膝下"是什么！这时候，我才明白我是一个受特别待遇的人，因为别人每年出两块钱，我去年却送十块钱。我一生最得力的是讲书：父亲母亲为我讲方字，两位先生为我讲书。念古文而不讲解，等于念"揭谛揭谛，波罗揭帝"，全无用处。

四

当我九岁时，有一天我在四叔家东边小屋里玩耍。这小屋前面是我们的学堂，后边有一间卧房，有客来便住在这里。这一天没有课，我偶然走进那卧房里去，偶然看见桌子下一只美孚煤油板箱里的废纸堆中露出一本破书。我偶然捡起了这本书，两头都被老鼠咬坏了，书面也扯破了。但这一本破书忽然为我开辟了一个新天地，忽然在我的儿童生活史上打开了一个新鲜的世界！

这本破书原来是一本小字木版的《第五才子》，我记得很清楚，开始便是"李逵打死殷天锡"一回。我在戏台上早已认得李逵是谁了，便站在那只美孚破板箱边，把这本《水浒传》残本一口气看完了。不看尚可，看了之后，我的心里很不好过：这一本的前面是些什么？后面是些什么？这两个问题，我都不能回答，却最急要一个回答。

我拿了这本书去寻我的五叔，因为他最会"说笑话"（"说笑话"就是"讲故事"，小说书叫做"笑话书"），应该有这种笑话书。不料五叔竟没有这书，他叫我去寻宋焕哥，宋焕哥说，"我没有《第五才子》，我替你去借一部；我家中有部《第一才子》你先拿去看，好吧？"《第一才子》便是《三国演义》，他很郑重的捧出来，我很高兴的捧回去。

后来我居然得着《水浒传》全部。《三国演义》也看完了。从此以后,我到处去借小说看。五叔,宋焕哥,都帮了我不少的忙。三姊夫(周绍瑾)在上海乡间周浦开店,他吸鸦片烟,最爱看小说书,带了不少回家乡;他每到我家来,总带些《正德皇帝下江南》,《七剑十三侠》一类的书来送给我。这是我自己收藏小说的起点。我的大哥(嗣稼)最不长进,也是吃鸦片烟的,但鸦片烟灯是和小说书常作伴的,——五叔,宋焕哥,三姊夫都是吸鸦片烟的,——所以他也有一些小说书。大嫂认得一些字,嫁妆里带来了好几种弹词小说,如《双珠凤》之类。这些书不久都成了我的藏书的一部分。

三哥在家乡时多;他同二哥都进过梅溪书院,都做过南洋公学的师范生,旧学都有根柢,故三哥看小说很有选择。我在他书架上只寻得三部小说:一部《红楼梦》,一部《儒林外史》,一部《聊斋志异》。二哥有一次回家,带了一部新译出的《经国美谈》,讲的是希腊的爱国志士的故事,是日本人做的。这是我读外国小说的第一步。

帮助我借小说最出力的是族叔近仁。就是民国十二年和顾颉刚先生讨论古史的胡堇人。他比我大几岁,已"开笔"做文章了,十几岁就考取了秀才。我同他不同学堂,但常常相见,成了最要好的朋友。他天才很高,也肯用功,读书比我多,家中也颇有藏书。他看过的小说,常借给我看,我借到的小说,也常借给他看。我们两人各有一个小手折,把看过的小说都记在上面,时时交换比较,看谁看的书多。这两个折子后来都不见了,但我记得离开家乡时,我的折子上好像已有了三十多部小说了。

这里所谓"小说",包括弹词,传奇,以及笔记小说在内。《双珠凤》在内,《琵琶记》也在内;《聊斋》,《夜雨秋灯录》,《夜谭随录》,《兰苕馆外史》,《寄园寄所寄》,《虞初新志》等等也在内;从《薛仁贵征东》,《薛丁山征西》,《五虎平西》,《粉妆楼》一类最无意义的小说,到《红楼梦》和《儒林外史》一类的第一流作品,这里面的程度已是天悬地隔了。我到离开家乡时,还不能了解《红楼梦》和《儒林外史》的好处。但这一大类都是白话小说,我在不知不觉之中得了不少的白话散文的训练,在十几年后于我很有用处。

看小说还有一桩绝大的好处,就是帮助我把文字弄通顺了。那时候正是废八股诗文的时代,科举制度本身也动摇了。二哥三哥在上海受了时代思潮的影响,所以不要我"开笔"做八股文,也不要我学做策论经义。他们只要先生给我讲书,教我读书。但学堂念的书,越到后来,越不好懂了,《诗经》起初还好懂,读到《大雅》,就难懂了;读到《周颂》,更不可懂了。《书经》有几篇,如《五子之歌》,我读的很起劲;但《盘庚》三篇,我总读不熟。我在学堂九年,只有《盘庚》害我挨了一次打。后来隔了十多年,我才知道《尚书》有今文和古文两大类,向来学者都说古文诸篇是假的,今文是真的;《盘庚》属于今文一类,应该是真的。但我研究《盘庚》用的代名词最杂乱不成条理,故我总疑心这三篇是后人假造的。有时候,我自己想,我的怀疑《盘庚》,也许暗中含有报那一个"作瘤栗"的仇恨的意味吧?

《周颂》,《尚书》,《周易》等书都是不能帮助我作通顺文字的。但小说书却给了我绝大的帮助。从《三国演义》读到《聊斋志异》和《虞初新志》,这一跳虽然跳的太远,但因为书中的故事实在有趣味,所以我能细细读下去。石印本的《聊斋志异》有圈点,所以更容易读。到我十二三岁时,已能对本家姊妹们讲说《聊斋》故事了。那时候,四叔的女儿巧菊,禹臣先生的妹子广菊多菊,祝封叔的女儿杏仙,和本家侄女翠苹定娇等,都在十五六岁之间;她们常常邀我去,请我讲故事。我们平常请五叔讲故事时,忙着替他点火,装旱烟,替他捶背,现在轮到我受人巴结了。我不用人装烟捶背,她们听我说完故事,总去泡炒米,或做蛋炒饭来请我吃。她们绣花做鞋,我讲《凤仙》,《莲香》,《张鸿渐》,《江城》。这样的讲书,逼我把古文的故事翻译成绩溪土话,使我更了解古文的文理。所以我到十四岁来上海开始作古文时,就能做很像样的文字了。

五

我小时候身体弱,不能跟着野蛮的孩子们一块儿玩。我母亲也不准我和他们乱跑乱跳。小时不曾养成活泼游戏的习惯,无论在什么地方,我总是文绉绉地。所以家乡老辈都说我"像个先生样子",遂叫我做"穈先生"。这个绰号叫出去之后,人都知道三先生的小儿子叫做穈先生了。既有"先生"之名,我不能不装出点"先生"样子,更不能跟着顽童们"野"了。有一天,我在我家八字门口和一班孩子"掷铜钱",一位老辈走过,见了我,笑道:"穈先生也掷铜钱吗?"我听了羞愧的面红耳热,觉得大失了"先生"的身份!

大人们鼓励我装先生样子,我也没有嬉戏的能力和习惯,又因为我确是喜欢看书,所以我一生可算是不曾享过儿童游戏的生活。每年秋天,我的庶祖贯同我到田里去"监割"(顶好的田,水旱无忧,收成最好,佃户每约田主来监割,打下谷子,两家平分),我总是坐在小树下看小说。十一二岁时,我稍活泼一点,居然和一群同学组织了一个戏剧班,做了一些木刀竹枪,借得了几个假胡须,就在村口田里做戏。我做的往往是诸葛亮,刘备一类的文角儿;只有一次我做史文恭,被花荣一箭从椅子上射倒下去,这算是我最活泼的玩艺儿了。

我在这九年(1895—1904)之中,只学得了读书写字两件事。在文字和思想(看下章)的方面,不能不算是打了一点底子。但别的方面都没有发展的机会。有一次我们村里"当朋"(八都凡五村,称为"五朋",每年一村轮着做太子会,名为"当朋")筹备太子会,有人提议要派我加入前村的昆腔队里学习吹笙或吹笛,族里长辈反对,说我年纪太小,不能跟着太子会走遍五朋。于是我失掉了这学习音乐的惟一机会。三十年来,我不曾拿过乐器,也全不懂音乐;究竟我有没有一点学音乐的天资,我至今还不知道。至于学图画,更是不可能的事。我常常用竹纸蒙在小说的石印绘像上,摹画书上的英雄美人。有一天,被先生看见了,挨了一顿大骂,抽屉里的图画都被搜出撕毁了。于是我又失掉了学做画家的机会。

但这九年的生活,除了读书看书之外,究竟给了我一点做人的训练。在这一点上,我的恩师就是我的慈母。

每天天刚亮时,我母亲就把我喊醒,叫我披衣坐起。我从不知道她醒来坐了多久了。她看见我清醒了,才对我说昨天我做错了什么事,说错了什么话,要我用功读书。有时候她对我说父亲的种种好处,她说,"你总要踏上你老子的脚步。我一生只晓得这一个完全的人,你要学他,不要跌他的股。"(跌股便是丢脸,出丑。)她说到伤心处,往往掉下泪来。到天大明时,她才把我的衣服穿好,催我去上早学。学堂门上的锁匙放在先生家里;我先到学堂门口一望,便跑到先生家里去敲门。先生家里有人把锁匙从门缝里递出来,我拿了跑回去,开了门,坐下念生书。十天之中,总有八九天我是第一个去开学堂门的。等到先生来了,我背了生书,才回家吃早饭。

我母亲管束我最严,她是慈母兼任严父。但她从来不在别人面前骂我一句,打我一下。我做错了事,她只对我一望,我看了她的严厉眼光,就吓住了。犯的事小,她等到第二天早晨我眼醒时才教训我。犯的事大,她等到晚上人静时,关了房门,先责备我,然后行罚,或罚跪,或拧我的肉。无论怎样重罚,总不许我哭出声来。她教训儿子不是借此出气叫别人听的。

有一个初秋的傍晚,我吃了晚饭,在门口玩,身上只穿了一件单背心。这时候我母亲的妹子玉英姨母在我家住,她怕我冷,拿了一件小衫出来叫我穿上。我不肯穿,她说:"穿上吧,凉了。"我随口回答:"娘(凉)什么!老子都不老子呀。"我刚说了这句话,一抬头,看见母亲从家里走出,我赶快把小衫穿上。但她已听见这句轻薄的话了。晚上人静后,她罚我跪下,重重的责罚了一顿。她说:"你没了老子,是多么得意的事!好用来说嘴!"她气得坐着发抖,也不许我上床去睡。我跪着哭,用手擦眼泪,不知擦进了什么微菌,后来足足害了一年的眼翳病。医来医去,总医不好。我母亲心里又悔又急,听说眼翳可以用舌头舔去,有一夜她把我叫醒,她真用舌头舔我的病眼。这是我的严师,我的慈母。

我母亲二十三岁做了寡妇,又是当家的后母。这种生活的痛苦,我的笨笔写不出一万分之一二。家中财政本不宽裕,全靠二哥在上海经营调度。大哥从小就是败子,吸鸦片烟,赌博,钱到手就光,光了就回家打主意,见了香炉就拿出去卖,捞着锡茶壶就拿出去押。我母亲几次邀了本家长辈来,给他定下每月用费的数目。但他总不够用,到处都欠下烟债赌债。每年除夕我家中总有一大群讨债的,每人一盏灯笼,坐在大厅上不肯去。大哥早已避出去了。大厅的两排椅子上满满的都是灯笼和债主。我母亲走进走出,料理年夜饭,谢灶神,压岁钱等事,只当做不曾看见这一群人。到了近半夜,快要"封门"了,我母亲才走后门出去,央一位邻舍本家到我家来,每一家债户开发一点钱。做好做歹的,这一群讨债的才一个一个提着灯笼走出去。一会儿,大哥敲门回来了。我母亲从不骂他一句。并且因为是新年,她脸上从不露出一点怒色。这样的过年,我过了六七次。

大嫂是个最无能而又最不懂事的人,二嫂是个很能干而气量很窄小的人。她们常常闹意见,只因为我母亲的和气榜样,她们还不曾有公然相骂相打的事。她们闹气时,只是不说话,不答话,把脸放下来,叫人难看;二嫂生气时,脸色变青,更是怕人。她们对我母亲闹气时,也是如此。我起初全不懂得这一套,后来也渐渐懂得看人的脸色了。我渐渐明白,世间最可厌恶的事莫如一张生气的脸;世间最下流的事莫如把生气的脸摆给旁人看。这比打骂还难受。

我母亲的气量大,性子好,又因为做了后母后婆,她更事事留心,事事格外容忍。大哥的女儿比我只小一岁,她的饮食衣料总是和我一样。我和她有小争执,总是我吃亏,母亲总是责备我,要我事事让她。后来大嫂二嫂都生了儿子了,她们生气时便打骂孩子来出气,一面打,一面用尖刻有刺的话骂给别人听。我母亲只装不听见。有时候,她实在忍不住了,便悄悄走出门去,或到左邻立大嫂家去坐一会,或走后门到后邻度嫂家去闲谈。她从不和两个嫂子吵一句嘴。

每个嫂子一生气,往往十天半个月不歇,天天走进走出,板着脸,咬着嘴,打骂小孩子出气。我母亲只忍耐着,忍到实在不可再忍的一天,她也有她的法子。这一天的天明时,她就不起床,轻轻的哭一场。她不骂一个人,只哭她的丈夫,哭她自己命苦,留不住她的丈夫来照管她。她先哭时，声音很低，渐渐哭出声来。我醒了起来劝她，她不肯住。这时候，我总听得见前堂（二嫂住前堂东房）或后堂（大嫂住后堂西房）有一扇房门开了，一个嫂子走出房向厨房走去。不多一会，那位嫂子来敲我们的房门了。我开了房门，她走进来，捧着一碗热茶，送到我母亲床前，劝她止哭，请她喝口热茶。我母亲慢慢停住哭声，伸手接了茶碗，那位嫂子站着劝一会，才退出去。没有一句话提到什么人，也没有一个字提到这十天半个月来的气脸，然而各人心里明白，泡茶进来的嫂子总是那十天半个月来闹气的人。奇怪的很，这一哭之后，至少有一两个月的太平清静日子。

我母亲待人最仁慈，最温和，从来没有一句伤人感情的话。但她有时候也很有刚气，不受一点人格上的侮辱。我家五叔是个无正业的浪人，有一天在烟馆里发牢骚，说我母亲家中有事总请某人帮忙，大概总有什么好处给他。这句话传到我母亲耳朵里，她气的大哭，请了几位本家来。把五叔喊来，当面质问他她给了某人什么好处。直到五叔当众认错赔罪，她才罢休。

我在我母亲的教训之下住了九年，受了她的极大极深的影响。我十四岁（其实只有十二岁零两三个月）就离开她了，在这广漠的人海里独自混了二十多年，没有一个人管束过我。如果我学得了一丝一毫的好脾气，如果我学得了一点点待人接物的和气，如果我能宽恕人，体谅人，——我都得感谢我的慈母。

十九、十一、二十一夜。

（原载于 1930 年 5 月《新月》第 3 卷第 3 期，署名胡适。后收入上海亚东图书馆 1933 年 9 月初版《四十自述》。）

我的信仰

一

我父胡珊,是一位学者,也是一个有坚强意志,有治理才干的人。经过一个时期的文史经籍训练后,他对于地理研究,特别是边省的地理,大起兴趣。他前往京师,怀了一封介绍书,又走了四十二日而达北满吉林,去进见钦差大臣吴大澂。吴氏是现在见知于欧洲研究中国学问者之中国的一个大考古学家。

吴氏延见他,问有什么可以替他为力的。我父说道:"没有什么,只求准我随节去解决中俄界务的纠纷,俾我得以研究东北各省的地理。"吴氏对于这个只有秀才底子,且在关外长途跋涉之后,差不多已是身无分文的学者,觉得有味。他带了这个少年去干他那历史上有名的差使,得他做了一个最有价值、最肯做事的帮手。

有一次与我父亲同走的一队人，迷陷在一个广阔的大森林之内，三天找不着出路。到粮食告罄，一切侦察均归失败时，我父亲就提议寻觅溪流。溪流是多半流向森林外面去的。一条溪流找到了手，他们一班人就顺流而行，得达安全的地方。我父亲作了一首长诗纪念这次的事迹，及四十年后，我在《论杜威教授系统思想说》的一篇论文里，用这件事实以为例证，虽则我未尝提到他的名字，有好些与我父亲相熟而犹生存着的人，都还认得出这件故事，并写信问我是不是他们故世已久的朋友的一个小儿子。

吴大澂对我父亲虽曾一度向政府荐举他为"有治省才的人"，他在政治上却并未得臻通显，历官江苏、台湾后，遂于台湾因中日战争的结果而割让与日本时，以五十五岁的寿辰逝世。

二

我是我父亲的幼儿，也是我母亲的独子。我父亲娶妻凡三次：前妻死于太平天国之乱，乱军掠遍安徽南部各县，将其化为灰烬。次娶生了三个儿子、四个女儿。长子从小便证明是个难望洗心革面的败子。我父亲丧了次妻后，写信回家，说他一定要讨一个纯良强健的、做庄稼人家的女儿。

我外祖父务农，于年终几个月内且兼业裁缝。他是出身于一个循善的农家，在太平天国之乱中，全家被杀。因他还只是一个小孩子，故被太平军掠做俘虏，带往军中当差。为要防他逃走，他的脸上就刺了"太平天国"四字，终其身都还留着。但是他吃了种种困苦，居然逃了出来，回到家乡，只寻得一片焦土，无一个家人还得活着。他勤苦工作,耕种田地,兼做裁缝。裁缝的手艺,是他在贼营里学来的。他渐渐长成,娶了一房妻子,生下四个儿女,我母亲就是最长的。

我外祖父一生的心愿就是想重建被太平军毁了的家传老屋。他每天早上,太阳未出,便到溪头去拣选三大担石子,分三次挑回废屋的地基。挑完之后,他才去种田或去做裁缝。到了晚上回家时,又去三次,挑了三担石子,才吃晚饭。凡此辛苦恒毅的工作,都给我母亲默默看在眼里,她暗恨身为女儿,毫无一点法子能减轻他父亲的辛苦,促他的梦想实现。

随后来了个媒人,在田里与我外祖父会见,雄辩滔滔的向他替我父亲要他大女儿的庚帖。(按胡先生《我的母亲订婚》一章里面,用的是"八字"二字,英文系 Birth date paper,故译庚帖似较贴切。)我外祖父答应回去和家里商量。但是到他在晚上把所提的话对他的妻子说了,她就大生气。她说:"不行!把我女儿嫁给一个大她三十岁的人,你真想得起?况且他的儿女也有年纪比我们女儿还大的!还有一层,人家自然要说我们嫁女儿给一个老官,是为了钱财体面而把她牺牲的。"于是这一对老夫妻吵了一场。后来做父亲的说:"我们问问女儿自己。说来说去,这到底是她自己的事。"

到这个问题对我母亲提了出来,她不肯开口。中国女子遇到同类的情形常是这样的。但她心里却在深思沉想。嫁与中年丧偶、兼有成年儿女的人做填房,送给女家的聘金财礼比一般婚媾却要重得多。这点于她父亲盖房子的计划将大有帮助。况且她以前又是见过我父亲的,知道他为全县人所敬重。她爱慕他,愿意嫁他,为的半是英雄崇拜的意识,但大半却是想望帮助劳苦的父亲的孝思。所以到她给父母逼着答话,她就坚决的说:"只要你们俩都说他是好人,请你们俩作主。

男人家四十七岁也不能算是老。"我外祖父听了,叹了一口气,我外祖母可气的跳起来,忿忿的说:"好呵!你想做官太太了!好罢,听你情愿罢!"

三

我母亲于一八八九年结婚,时年十七,我则生在一八九一年十二月。我父殁于一八九五年,留下我母亲二十三岁做了寡妇。我父弃世,我母便做了一个有许多成年儿女的大家庭的家长。中国做后母的地位是十分困难的,她的生活自此起,自是一个长时间的含辛茹苦。

我母最大的禀赋就是容忍。中国史书记载唐朝有个皇帝垂询张公仪那位家长,问他家以什么道理能九世同居而不分离拆散。那位老人家因过于衰迈,难以口述,请准用笔写出回答。他就写了一百个"忍"字。中国道德家时常举出"百忍"的故事为家庭生活最好的例子,但他们似乎没有一个曾觉察到许多苦恼、倾轧、压迫和不平,使容忍成了一种必不可少的事情。

那班接脚媳妇凶恶不善的感情,利如锋刃的话语,含有敌意的嘴脸,我母亲事事都耐心容忍。她有时忍到不可再忍,这才早上不起床,柔声大哭,哭她早丧丈夫。她从不开罪她的媳妇,也不提开罪的那件事。但是这些眼泪,每次都有神秘莫测的效果。我总听得有一位嫂嫂的房门开了,和一个妇人的脚步声向厨房走去。不多一会,她转来敲我们房门了。她走进来捧着一碗热茶,送给我的母亲,劝她止哭。母亲接了茶碗。受了她不出声的认错。然后家里又太平清静得个把月。

我母亲虽则并不知书识字,却把她的全副希望放在我的教育上。

我是一个早慧的小孩,不满三岁时,就已认了八百多字,都是我父亲每天用红笺方块教我的。我才满三岁零点,便在学堂里念书。我当时是个多病的小孩,没有搀扶,不能跨一个六英寸高的门槛。但我比学堂里所有别的学生都能读能记些。我从不跟着村中孩子们一块儿玩。更因我缺少游戏,我五岁时就得了"先生"的绰号。十五年后,我在康奈耳大学做二年级时,也同是为了这个弱点,而被了 Doc(即 Doctor 缩读,音与 dog 同,故用作谐称。译者)的诨名。

每天天还未亮时,我母亲便把我喊醒,叫我在床上坐起。她然后把对我父亲所知的一切告诉我。她说她望我踏上他的脚步,她一生只晓得他是最善良最伟大的人。据她说,他是一个多么受人敬重的人,以致在他间或休假回家的时候中,附近烟窟赌馆都概行停业。她对我说我惟有行为好,学业科考成功,才能使他们两老增光;又说她所受的种种苦楚,得以由我勤敏读书来酬偿。我往往眼睛半睁半闭的听。但她除遇有女客与我们同住在一个房间的时候外,罕有不施这番晨训的。

到天大明时,她才把我的衣服穿好,催我去上学。我年稍长,我总是第一个先到学堂,并且差不多每天早晨都是去敲先生的门要钥匙去开学堂的门。钥匙从门缝里递了出来,我隔一会就坐在我的座位上朗念生书了。学堂里到薄暮才放学,届时每个学生都向朱印石刻的孔夫子大像和先生鞠躬回家。日中上课的时间平均是十二小时。

我母亲一面不许我有任何种的儿童游戏,一面对于我建一座孔圣庙的孩子气的企图,却给我种种鼓励。我是从我同父异母的姊姊的长子,大我五岁的一个小孩那里学来的。他拿各种华丽的色纸扎了一座孔庙,使我心里羡慕。我用一个大纸匣子作为正殿,背后开了一个方洞,用一只小匣子糊上去,做了摆孔子牌位的内堂。外殿我供了孔子的各大贤徒,并贴了些小小的匾对,书着颂扬这位大圣人的字句,其中半系录自我外甥的庙里,半系自书中抄来。在这座玩具的庙前,频频有香炷燃着。我母亲对于我这番有孩子气的虔敬也觉得欢喜,暗信孔子的神灵一定有报应,使我成为一个有名的学者,并在科考中成为一个及第的士子。

我父亲是一个经学家,也是一个严守朱熹(1130—1200)的新儒教理学的人。他对于释道两教强烈反对。我还记得见叔父家(那是我的开蒙学堂)的门上有一张日光晒淡了的字条,写着"僧道无缘"几个字。我后来才得知道这是我父亲所遗理学家规例的一部。但是我父亲业已去世,我那彬彬儒雅的叔父,又到皖北去做了一员小吏,而我的几位哥子则都在上海。剩在家里的妇女们,对于我父亲的理学遗规,没有什么拘束了。他们遵守敬奉祖宗的常礼,并随风俗时会所趋,而自由礼神拜佛。观音菩萨是他们所最爱的神,我母亲为了是出于焦虑我的健康福祉的念头,也做了观音的虔诚信士。我记得有一次她到山上观音阁里去进香,她虽缠足,缠足是苦了一生的,在整段的山路上,还是步行来回。

我在村塾(村中共有七所)里读书,读了九年(1895—1904)。在这个期间,我读习并记诵了下列几部书:

1.《孝经》:孔子后的一部经籍,作者不明。

2.《小学》:一部论新儒教道德学说的书,普通谓系宋哲朱熹所作。

3.《四书》:《论语》、《孟子》、《大学》、《中庸》。

4.《五经》中的四经:《诗经》、《尚书》、《易经》、《礼记》。

我母亲对于家用向来是节省的,而付我先生的学金,却坚要比平常要多三倍。平常学金两块银元一年,她首先便送六块钱,后又逐渐增加到十二元。由增加学金这一点小事情,我得到千百倍于上述数目比率所未能给的利益。因为那两元的学生,单单是高声朗读,用心记诵,先生从不劳神去对他讲解所记的字。独我为了有额外学金的缘故,得享受把功课中每字每句解给我听,就是将死板文字译作白话这项难得的权利。

我年还不满八岁,就能自己念书。由我二哥的提议,先生使我读《资治通鉴》。这部书,实在是大历史家司马光于一〇八四年所辑编年式的中国通史。这番读史,使我发生很大的兴趣,我不久就从事把各朝代各帝王各年号编成有韵的歌诀,以资记忆。

随后有一天,我在叔父家里的废纸箱中,偶然看见一本《水浒传》的残本,便站在箱边把它看完了。我跑遍全村,不久居然得着全部。从此以后,我像老饕一般读尽了本村邻村所知的小说。这些小说都是用白话或口语写的,既易了解,又有引人入胜的趣味。它们教我人生,好的也教,坏的也教,又给了我一件文艺的工具,若干年后,使我能在中国开始众所称为"文学革命"(Literary Renaissance,直译当为文艺复兴。译者)的运动。

其时,我的宗教生活经过一个特异的激变。我系生长在拜偶像的环境,习于诸神凶恶丑怪的面孔,和天堂地狱的民间传说。我十一岁时,一日,温习朱子的《小学》,这部书是我能背诵而不甚了解的。我念到这位理学家引司马光那位史家攻击天堂地狱的通俗信仰的话。这段话说:"形既朽灭,神亦飘散,虽有剉烧舂磨,亦无所施。"这话好像说得很有道理,我对于死后审判的观念,就开始怀疑起来。

往后不久,我读司马光的《资治通鉴》,读到第一百三十六卷中有一段，使我成了一个无神论者。所说起的这一段，述纪元五世纪名范缜的一位哲学家，与朝众竞辩"神灭论"。朝廷当时是提倡大乘佛法的。范缜的见解，由司马光摄述为这几句话："形者神之质地，神者形之用也。神之于形，犹利之于刀。未闻刀没而利存，岂容形灭而神在哉？"

这比司马光的形灭神散的见解——一种仍认有精神的理论——还更透彻有理。范缜根本否认精神为一种实体，谓其仅系神之用。这一番化繁为简合着我儿童的心胸。读到"朝野喧哗，难之，终不能屈"，更使我心悦。

同在那一段内，又引据范缜反对因果轮回说的事。他与竟陵王谈论，王对他说："君不信因果，何得有富贵贫贱？"范缜答道："人生如树花同发，随风而散；或拂帘幌，坠茵席之上；或关篱墙，落粪溷之中。堕茵席者，殿下是也；落粪溷者，下官是也。贵贱虽复殊途，因果竟在何处？"

因果之说，由印度传来，在中国人思想生活上已成了主要部分的少数最有力的观念之一。中国古代道德家，常以善有善报，恶有恶报为训。但在现实生活上并不真确。佛教的因果优于中国果报观念的地方，就是可以躲过这个问题，将其归之于前世来世不断的轮回。

但是范缜的比喻，引起了我幼稚的幻想，使我摆脱了恶梦似的因果绝对论。这是以偶然论来对定命论。而我以十一岁的儿童就取了偶然论而叛离了运命。我在那个儿童时代是没有牵强附会的推理的，仅仅是脾性的迎拒罢了。我是我父亲的儿子，司马光和范缜又得了我的心。仅此而已。

四

但是这一种心境的激变,在我早年不无可笑的结果。一九〇三年的新年里,我到我住在二十四里外的大姊家去拜年。在她家住了几天,我和她的儿子回家,他是来拜我母亲的年的。他家的一个长工替他挑着新年礼物。我们回到路上,经过一个亭子,供着几个奇形怪状的神像。我停下来对我外甥说:"这里没有人看见,我们来把这几个菩萨抛到污泥坑里去罢。"我这带孩子气的毁坏神像主张,把我的同伴大大地吓住了。他们劝我走路,莫去惹那些本来已经濒于危境的神道。

这一天正是元宵灯节。我们到了家中,家里有许多客人,我的肚子已经饿了,开饭的时候,我外甥又劝我喝了一杯烧酒。酒在我的肚子里,便作怪起来。我不久便在院子里跑,喊月亮下来看灯。我母亲不悦,叫人来捉我。我在他们前头跑,酒力因我跑路,作用更起得快。我终被捉住,但还努力想挣脱。我母亲抱住我,不久便有许多人朝我们围拢来。

我心里害怕,便胡言乱道起来。于是我外甥家的长工走到我母亲身边,低低的说:"外婆,我想他定是精神错乱了。恐怕是神道怪了他。今天下午我们路过三门亭,他提议要把几尊菩萨抛到污泥坑里去。一定是这番话弄出来的事。"我窃听了长工的话,忽然想出一条妙计。我喊叫得更凶,好像我就真是三门亭的一个神一样。我母亲于是便当空焚香祷告,说我年幼无知无咎,许下如果蒙神恕我小孩子的罪过,定到亭上去烧香还愿。

这时候，得报说龙灯来了，在我们屋里的人，都急忙跑去看，只剩下我和母亲两个人。一会儿我就睡着了。母亲许的愿，显然是灵应了。一个月后，我母亲和我上外婆家去，她叫我恭恭敬敬地在三门亭还我们许下的愿。

五

我年甫十三，即离家上路七日，以求"新教育"于上海。自这次别离后，我于十四年之中，只省候过我母亲三次，一总同她住了大约七个月。出自她对我伟大的爱忧，她送我出门，分明没有洒过一滴眼泪就让我在这广大的世界中，独自求我自己的教育和发展，所带着的，只是一个母亲的爱，一个读书的习惯，和一点点怀疑的倾向。

我在上海过了六年（1904—1910），在美国过了七年(1910—1917)。在我停留在上海的时期内，我经历过三个学校(无一个是教会学校)，一个都没有毕业。我读了当时所谓的"新教育"的基本东西，以历史、地理、英文、数学，和一点零碎的自然科学为主。从故林纾氏及其他诸人的意译文字中，我初次认识一大批英国和欧洲的小说家，司各提(Scott)、狄更司(Dickens)、大小仲马(Dumas père and fils)、嚣俄(Hugo)，以及托尔斯泰(Tolstoy)等氏的都在内。我读了中国上古、中古几位非儒教和新儒教哲学家的著作，并喜欢墨翟的兼爱说与老子、庄子有自然色彩的哲学。

从当代力量最大的学者梁启超氏的通俗文字中，我渐得略知霍布士(Hobbes)、笛卡儿(Descartes)、卢骚(Rousseau)、宾坦

(Bentham)①、康德(Kant)、达尔文(Darwin)等诸泰西思想家。梁氏是一个崇拜近代西方文明的人,连续发表了些文字,坦然承认中国人以一个民族而言,对于欧洲人所具有许多良好特性,感受缺乏;显著的是注重公共道德,国家思想,爱冒险,私人权利观念与热心防其被侵,爱自由,自治能力,结合的本事与组织的努力,注意身体的培养与健康等。就是这几篇文字猛力把我以我们古旧文明为自足,除战争的武器,商业转运的工具外,没有什么要向西方求学的这种安乐梦中,震醒出来。它们开了给我,也就好像开了给几千几百别的人一样,对于世界整个的新眼界。

我又读过严复所译穆勒(John Stuart Mill)的《自由论》(*On Liberty*)和赫胥黎(Huxley)的《天演论》(*Evolution and Ethic*)。严氏所译赫胥黎的论著,于一八九八年就出版,并立即得到知识阶级的接受。有钱的人拿钱出来翻印新版以广流传(当时并没有版权),因为有人以达尔文的言论,尤其是它在社会上与政治上的运用,对于一个感受惰性与濡滞日久的民族,乃是一个合宜的刺激。

数年之间,许多的进化名词在当时报章杂志的文字上,就成了口头禅。无数的人,都采来做自己的和儿辈的名号,由是提醒他们国家与个人在生存竞争中消灭的祸害。向尝一度闻名的陈炯明以"竞存"为号。我有两个同学名杨天择和孙竞存。

就是我自己的名字,对于中国以进化论为时尚,也是一个证据。我请我二哥替我起个学名的那天早晨,我还记得清楚。他只想了一刻,他就说,"'适者生存'中的'适'字怎么样?"我表同意;先用来做笔

---

① 通译边沁。

名,最后于一九一〇年就用作我的名字。

六

我对于达尔文与斯宾塞两氏进化假说的一些知识,很容易的与几个中国古代思想家的自然学说连了起来。例如在道家伪书《列子》所述的下面这个故事中,发现二千年前有一个一样年轻,同抱一样信仰的人,使我的童心欢悦:

> 齐田氏祖于庭,食客千人。中坐有献鱼雁者,田氏视之,乃叹曰:"天之于民厚矣!殖五谷,生鱼鸟,以为之用。"众客和之如响。鲍氏之子,年十二,预于次,进曰:"不如君言。天地万物,与我并生,类也。类无贵贱,徒以大小智力而相制,迭相食,非相为而生之。人取可食者而食之,岂天本为人而生?且蚊蚋嘬肤,虎狼食肉,岂天本为蚊蚋生人,虎狼生肉者哉?"

一九〇六年,我在中国公学同学中,有几位办了一个定期刊物,名《竞业旬报》,——达尔文学说通行的又一例子——其主旨在以新思想灌输于未受教育的民众,系以白话刊行。我被邀在创刊号撰稿。一年之后,我独自做编辑。我编辑这个杂志的工作不但帮助我启发运用现行口语为一种文艺工具的才能,且以明白的话语及合理的次序,想出自我幼年就已具了形式的观念和思想。在我为这个杂志所著的许多论文内,我猛力攻击人民的迷信,且坦然主张毁弃神道,兼持无神论。

一九〇八年，我家因营业失败，经济大感困难。我于十七岁上，就必需供给我自己读书，兼供养家中的母亲。我有一年多停学，教授初等英文，每日授课五小时，月得修金八十元。一九一〇年，我教了几个月的国文。

那几年(1909—1910)是中国历史上的黑暗时代，也是我个人历史上的黑暗时代。革命在好几省内爆发，每次都归失败。中国公学原是革命活动的中心，我在那里的旧同学参加此等密谋的实繁有徒，丧失生命的为数也不少。这班政治犯有好些来到上海与我住在一起，我们都是意气消沉，厌世悲观的。我们喝酒，作悲观的诗词，日夜谈论，且往往作没有输赢的赌博。我们甚至还请了一个老伶工来教我们唱戏。有一天早上，我作了一首诗，中有这一句："霜浓欺日淡！"(此诗的英译文是："How proudly does the Wintry frost scorn the powerless rays of the sun."——译者。)

意气消沉与执劳任役驱使我们走入了种种的流浪放荡。有一个雨夜，我喝酒喝得醺醺大醉，在镇上与巡捕角斗，把我自己弄进监里去关了一夜。到我次晨回寓，在镜中看出我脸上的血痕，就记起李白饮酒歌中的这一句："有人用武力，任出吾身物。"(Some use might yet be made of this material born in me. 这一句一时也查不出原文。)我决心脱离教书和我的这班朋友。下了一个月的苦工夫，我就前往北京投考用美国退还庚子赔款所设的学额。我考试及格，即于七月间放洋赴美。

七

我到美国，满怀悲观。但不久便交结了些朋友，对于那个国家和人民都很喜爱。美国人出自天真的乐观与朝气给了我很好的印象。在这个地方,似乎无一事一物不能由人类智力做得成的。我不能避免这种对于人生持有喜气的眼光的传染,数年之间,就渐渐治疗了我少年老成的态度。

我第一次去看足球比赛时,我坐在那里以哲学的态度看球赛时的粗暴及狂叫欢呼为乐。而这种狂叫欢呼在我看来,似乎是很不够大学生的尊严的。但是到竞争愈渐激烈,我也就开始领悟这种热心。随后我偶然回头望见白了头发的植物学教授劳理先生(Mr. W. W. Rowlee)诚心诚意的在欢呼狂叫,我觉得如是的自惭,以致我不久也就热心的陪着众人欢呼了。

就是在民国初年最黑暗的时期内,我还是想法子打起我的精神。在致一个华友的信里面,我说道:"除了你我自己灰心失意,以为无希望外,没有事情是无希望的。"(译意——译者。)在我的日记上,我记下些引录的句子,如引克洛浦(Clough)的这一句:"如果希望是麻醉物,恐惧就是作伪者。"又如我自己译自勃朗宁的这一节诗:

> 从不转背而挺身向前,
> 从不怀疑云要破裂,
> 虽合理的弄糟,违理的占胜,
>   而从不作迷梦的,
> 相信我们沉而再升,败而再战,
>   睡而再醒。

一九一四年一月,我写这一句在我的日记上:"我相信我自离开中国后,所学得的最大的事情,就是这种乐观的人生哲学了。"一九一五年,我以关于勃朗宁最优的论文得受柯生奖金(Hiram Corson Prize)。我论文的题目是《勃朗宁乐观主义辩》(*In Defense of Browning's Optimism*)。我想来大半是我渐次改变了的人生观使我于替他辩护时,以一种诚信的意识来发言。

我系以在康奈耳大学做纽约农科学院的学生开始我的大学生涯。我的选择是根据了当时中国盛行的,谓中国学生须学点有用的技艺,文学、哲学是没有什么实用的这个信念。但是也有一个经济的动机。农科学院当时不收学费,我心想或许还能够把每月的月费省下一部分来汇给我的母亲。

农场上的经验我一点都不曾有过,并且我的心也不在农业上。一年级的英国文学及德文课程,较之农场实习和养果学,反使我感觉兴趣。踌躇观望了一年又半,我最后转入文理学院,受一次缴纳四个学期的学费,就是使我受八个月困境的处分。但是我对于我的新学科觉得更为自然,从不懊悔这番改变。

有一科《欧洲哲学史》——归故克莱顿教授(Professor J. E. Creighton)那位恩师主持,——领导我以哲学做了主科。我对于英国文学与政治学也深有兴趣。康奈耳的哲学院(The Sage School of Philosophy)是唯心论的重镇。在其领导之下,我读了古代近代古典派哲学家比较重要的著作,我也读过晚近唯心论者如布拉特莱(Bradley),鲍森揆(Bosanquet)①等的作品,但是他们提出的问题从未引起我的兴趣。

---

① 通译鲍桑葵。

一九一五年，我往哥林比亚大学(Columbia University)，就学于杜威教授(Professer John Dewey)，直至一九一七年我回国之时为止。得着杜威的鼓励，我著成我的论文《先秦名学史》这篇论文，使我把中国古代哲学著作重读一过，并立下我对于中国思想史的一切研究的基础。

八

我留美的七年间，我有许多课外的活动，影响我的生命和思想，说不定也与我的大学课业一样。当意志颓唐的时候，我对于基督教大感兴趣，且差不多把《圣经》读完。一九一一年夏，我出席于在宾雪凡尼亚(Pennsylvania)普柯诺派思司(Pocono Pines)举行的中国基督教学生会的大会做来宾时，我几乎打定主意做了基督徒。

但是我渐渐的与基督教脱离，虽则我对于其发达的历史曾多有习读，因为有好久时光我是一个信仰无抵抗主义的信徒。耶稣降生前五百年，中国哲学家老子曾传授过上善若水，水善应万物而不争。我早年接收老子的这个教训，使我大大的爱着《登山宝训》。

一九一四年，世界大战爆发，我深为比利时的命运所动，而成了一个确定的无抵抗者。我在康奈耳大同俱乐部(Cornell Cosmopolitan Club)住了三年，结交了许多各种国籍的热心朋友。受着像那士密氏(George Nasmyth)和麦慈(John Mez)那样唯心的平和论者的影响，我自己也成了一个热心的平和论者。大学废军联盟因维腊特(Oswald Garrison Villard)的提议而成立于一九一五年，我是其创办人之一。

到后来，各国际政体俱乐部（International Polity Clubs）成立，我在那士密氏和安格尔（Norman Angell）的领导之下，做了一个最活动的会员，且曾参加过其起首两届的年会。一九一六年，我以我的论文《国际关系中有代替武力的吗？》（*Is There a Substitute for Force in International Relations?*）得受国际政体俱乐部的奖金。在这篇论文里面，我阐明依据以法律为有组织的武力建立一个国际联盟的哲理。

我的平和主义与国际大同主义往往使我陷入十分麻烦的地位。日本由攻击德国在山东的领土以加入世界大战时，向世界宣布说，这些领土"终将归还中国"。我是留美华人中惟一相信这个宣言的人，并以文字辩驳说，日本于其所言，说不定是意在必行的。关于这一层，我为许多同辈的学生所嘲笑。及一九一五年日本提出有名的对华二十一条件，留美学生，人人都赞成立即与日本开战。我写了一封公开的信给《中国留美学生月报》，劝告处之以温和，持之以冷静。我为这封信受了各方面的严厉攻击，且屡被斥为卖国贼。战争是因中国接受一部要求而得避免了，但德国在华领土则直至七年之后才交还中国。

我读易卜生（Ibsen）、莫黎（John Morley）①和赫胥黎诸氏的著作，教我思考诚实与发言诚实的重要。我读过易卜生所有的戏剧，特别爱看《人民之敌》（*An Enemy of the People*）、莫黎的《论妥协》（*On Compromise*），先由我的好友威廉思女士（Miss Edith Clifford Williams）介绍给我，她是一直做了左右我生命最重要的精神力量。莫黎曾教我："一种主义，如果健全的话，是代表一种较大的便宜的。为了一时似是而非的便宜而将其放弃，乃是为小善而牺牲大善。疲弊

---

① 通译莫莱。

时代,剥夺高贵的行为和向上的品格,再没有什么有这样拿得定的了。"

赫胥黎还更进一步教授一种理知诚实的方法。他单单是说:"拿也如同可以证明我相信别的东西为合理的那种种证据来,那么我就相信人的不朽了。向我说类比和或能是无用的。我说我相信倒转平方律时,我是知道我意何所指的,我必不把我的生命和希望放在较弱的信证上。"赫胥黎也曾说过:"一个人生命中最神圣的举动,就是说出并感觉得我相信某项某项是真的。生在世上一切最大的赏,一切最重要的罚,都是系在这个举动上。"

人生最神圣的责任是努力思想得好(to think well),我就是从杜威教授学来的。或思想得不精,或思想而不严格的到它的前因后果,接受现成的整块的概念以为思想的前提,而于不知不觉间受其个人的影响,或多把个人的观念由造成结果而加以测验,在理知上都是没有责任心的。真理的一切最大的发现,历史上一切最大的灾祸,都有赖于此。

杜威给了我们一种思想的哲学,以思想为一种艺术,为一种技术。在《思维术》(How To Think)和《实验逻辑论文集》(Essays in Experimental Logic)里面,他制出这项技术。我察出不但于实验科学上的发明为然,即于历史科学上最佳的探讨,内容的详定,文字的改造,及高等的批评等也是如此。在这种种境域内,曾由同是这个技术而得到最佳的结果。这个技术主体上是具有大胆提出假设,和(加)上诚恳留意于制裁与证实。这个实验的思想技术,堪当创造的智力(creative intelligence)这个名称,因其在运用想象机智以寻求证据,做成实验上,和在自思想有成就的结实所发出满意的结果上,实实在在是有创造性的。

奇怪之极,这种功利主义的逻辑竟使我变成了一个做历史探讨工作的人。我曾用进化的方法去思想,而这种有进化性的思想习惯,就做了我此后在思想史及文学工作上的成功之钥。尤更奇怪的,这个历史的思想方法并没有使我成为一个守旧的人,而时常是进步的人。例如,我在中国对于文学革命的辩论,全是根据无可否认的历史进化的事实,且一向都非我的对方所能答复得来的。

九

我母亲于一九一八年逝世。她的逝世,就是引导我把我在这广大世界中摸索了十四年多些的信条第一次列成条文的时机。这个信条系于一九一九年发表在以《不朽》(*Immortality, My Religion*)为题的一篇文章里面。

因有我在幼童时期读书得来的学识,我早久就已摒弃了个人死后生存的观念了。好多年来,我都是以一种"三不朽"的古说为满意,这种古说我是在《春秋左氏传》里面找出来的。传记里载贤臣叔孙豹于公元前五四八年(时孔子还只有三岁。译者按,即鲁襄公二十四年)谓有立德、立功、立言三不朽。此三者"虽久不忘,此之谓不朽"。这种学说引动我心有如是之甚,以致我每每向我的外国朋友谈起,并给了它一个名字,叫做"三W的不朽主义"(三W即Worth, Work, Words三字的头一个字母)。

我母亲的逝世使我重新想到这个问题。我就开始觉得三不朽的学说有修正的必要。第一层,其弱点在太过概括一切。在这个世界上,有多少人其在德行功绩言语上的成就,其哲理上的智慧能久久不忘的呢?例如哥伦布是可以不朽了,但是他那些别的水手怎样呢?那些替他造船或供给他用具的人,那许多或由作有勇敢的思考,或由在海洋中作有成无成的探险,替他铺下道路的前导又怎样呢?简括的说,一个人应有多大的成就,才可以得不朽呢?

次一层,这个学说对于人类的行为没有消极的裁制。美德固是不朽的了,但是恶德又怎样呢?我们还要再去借重审判日或地狱之火吗?

我母亲的活动从未超出家庭间琐屑细事之外,但是她的左右力,能清清楚楚的从来吊祭她的男男女女的脸上看得出来。我检阅我已死的母亲的生平,我追忆我父亲个人对她毕生左右的力量,及其对我本身垂久的影响,我遂诚信一切事物都是不朽的。我们所做的一切什么人,我们所干的一切什么事,我们所讲的一切什么话,从在世界上某个地方自有其影响这个意义看来,都是不朽的。这个影响又将依次在别个地方有其效果,而此事又将继续入于无限的空间与时间。

正如列勃涅慈(Leibniz)①有一次所说:"人人都感觉到在宇宙中所经历的一切,以及那目睹一切的人,可以从经历其他各处的事物,甚至曾经并将识别现在的事物中,解识出在时间与空间上已被移动的事物。我们是看不见一切的,但一切事物都在那里,达到无穷境无穷期。"一个人就是他所吃的东西,所以达柯塔的务农者,加利芳尼亚的种果者,以及千百万别的粮食供给者的工作,都是生活在他的身上。一个人就是他所想的东西,所以凡曾于他有所左右的人——自苏

---

① 通译莱布尼兹。

格拉底(Socrates)、柏拉图(Plato)、孔子以至于他本区教会的牧师和抚育保姆——都是生活在他的身上。一个人也就是他所享乐的东西，所以无数美术家和以技取悦的人，无论现尚生存或久已物故，有名无名，崇高粗俗，都是生活在他的身上。诸如此类，以至于无穷。

一千四百年前，有一个人写了一篇论"神灭"的文章，被认为亵渎神圣，有如是之甚，以致其君皇敕七十个大儒来相驳难，竟给其驳倒。但是五百年后，有一位史家把这篇文章在他的伟大的史籍中纪了一个撮要。又过了九百年，然后有一个十一岁的小孩偶然碰到这个三十五个字的简单撮要，而这三十五个字，于埋没了一千四百年之后，突然活了起来而生活于他的身上，更由他而生活于几千百个男男女女的身上。

一九一二年，我的母校来了一位英国讲师，发表一篇演说，《论中国建立共和的不可能》。他的演讲当时我觉得很为不通，但是我以他对于母音O的特异的发音方法为有趣，我就坐在那里摹拟以自娱。他的演说久已忘记了，但是他对于母音O的发音方法，这些年来却总与我不离，说不定现在还在我的几千百个学生的口上，而从没有觉察到是由于我对于布兰特先生(Mr.J.C.P.Bland)的恶作剧的摹仿，而布兰特先生也是从不知道的。

两千五百年前，希马拉雅山的一个山峡里死了一个乞丐。他的尸体在路傍已在就腐了，来了一个少年王子，看见这个怕人的景象，就从事思考起来。他想到人生及其他一切事物的无常，遂决心脱离家庭，前往旷野中去想出一个自救以救人类的方法。多年后，他从旷野里出来，做了释迦佛，而向世界宣布他所找出的拯救的方法。这样，甚至一个死丐尸体的腐溃，对于创立世界上一个最大的宗教，也曾不知不觉的贡献了其一部分。

这一个推想的线索引导我信了可以称为社会不朽(Social Immortality)的宗教,因为这个推想在大体上全系根据于社会对我的影响,日积月累而成小我,小我对于其本身是些什么,对于可以称社会、人类或大自然的那个大我有些什么施为,都留有一个抹不去的痕记这番意思。小我是会要死的,但是他还是继续存活在这个大我身上。这个大我乃是不朽的,他的一切善恶功罪,他的一切言行思想,无论是显著的或细微的,对的或不对的,有好处或有坏处——样样都是生存在其对于大我所产生的影响上。这个大我永远生存,做了无数小我胜利或失败的垂久宏大的佐证。

这个社会不朽的概念之所以比中国古代三不朽学说更为满意,就在于包括英雄圣贤,也包括贱者微者,包括美德,也包括恶德,包括功德,也包括罪孽。就是这项承认善的不朽,也承认恶的不朽,才构成这种学说道德上的许可。一个死尸的腐烂可以创立一个宗教,但也可以为患全个大陆。一个酒店侍女偶发一个议论,可以使一个波斯僧侣豁然大悟,但是一个错误的政治或社会改造议论,却可以引起几百年的杀人流血。发现一个极微的杆菌,可以福利几千百万人,但是一个害痨的人吐出的一小点痰涎,也可以害死大批的人,害死几世几代。

人所做的恶事,的确是在他们身后还存在的！就是明白承认行为的结果才构成我们道德责任的意识。小我对于较大的社会的我负有巨大的债项,把他干的什么事情,作的什么思想,做的什么人物,概行对之负起责任,乃是他的职分。人类之为现在的人类,固是由我们祖先的智行愚行所造而成,但是到我们做完了我们分内时,我们又将由人类将成为怎么样而受裁判了。我们要说,"我们之后是大灾大厄"

吗？抑或要说，"我们之后是幸福无疆"吗？

十

一九二三年，我又得了一个时机把我们信条列成更普通的条文。地质学家丁文江氏所著，在我所主编的一个周报上发表，论《科学与人生观》的一篇文章，开始了一场差不多延持了一个足年的长期论战。在中国凡有点地位的思想家，全都曾参与其事。到一九二三年终，由某个善经营的出版家把这个论战的文章收集起来，字数竟达二十五万。我被请为这个集子作序。我的序言给这本已卷帙繁重的文集又加了一万字。而以我所拟议的"新宇宙观和新人生观的轮廓"为结论，不过有些含有敌意的基督教会，却以恶作剧的口吻，称其为"胡适的新十诫"，我现在为其自有其价值而选译出来（译者按：以下原系由中文译成英文，故不再译，即径录胡先生中文原文）：

（1）根据于天文学和物理学的知识，叫人知道空间的无限之大。

（2）根据于地质学及古生物学的知识，叫人知道时间的无穷之长。

（3）根据于一切科学，叫人知道宇宙及其中万物的运行变迁皆是自然的，——自己如此的，——正用不着什么超自然的主宰或造物者。

（4）根据于生物学的科学知识，叫人知道生物界的生存竞争的浪费与残酷，——因此叫人更可以明白那"有好生之德"的主宰的假设是不能成立的。

（5）根据于生物学、生理学、心理学的知识，叫人知道人不过是动物的一种；他和别种动物只有程序的差异，并无种类的区别。

（6）根据于生物的科学及人类学、人种学、社会学的知识，叫人知道生物及人类社会演进的历史和演进的原因。

（7）根据于生物的及心理的科学，叫人知道一切心理的现象都是有因的。

（8）根据于生物学及社会学的知识，叫人知道道德礼教是变迁的，而变迁的原因都是可以用科学的方法寻求出来的。

（9）根据于新的物理化学的知识，叫人知道物质不是死的，是活的；不是静的，是动的。

（10）根据于生物学及社会学的知识，叫人知道个人——"小我"——是要死灭的，而人类——"大我"——是不死的，不朽的；叫人知道"为全种万世而生活"就是宗教，就是最高的宗教。而那些替个人谋死后的"天堂"、"净土"的宗教，乃是自私自利的宗教。

我结论道："这种新人生观是建筑在二三百年的科学常识之上的一个大假设，我们也许可以给他加上'科学的人生观'的尊号。但为避免无谓的争论起见，我主张叫他做'自然主义的人生观'。

"我们在那个自然主义的宇宙里，在那无穷之大的空间里，在那无穷之长的时间里，这个平均高五尺六寸，上寿不过百年的两手动物——人——真是一个藐乎其小的微生物了。在那个自然主义的宇宙里，天行是有常度的，物变是有自然法则的，因果的大法支配着他——人——的一切生活，生存竞争的惨剧鞭策着他的一切行为，——这个两手动物的自由真是很有限的了。

"然而那个自然主义的宇宙里的这个渺小的两手动物，却也有他的相当的地位和相当的价值。他用的两手和一个大脑，居然能作出许多器具，想出许多方法，造成一点文化。他不但驯伏了许多禽兽，他还能考究宇宙间的自然法则,利用这些法则来驾驭天行,到现在他居然能叫电气给他赶车,以太阳给他送信了。

"他的智慧的长进就是他的能力的增加。然而智慧的长进却又使他的胸襟扩大,想象力提高。他也曾拜物拜畜生,也曾怕神怕鬼,但他现在渐渐的脱离了这种种幼稚的时期,他现在渐渐明白:空间之大只增加他对于宇宙的美感;时间之长只使他格外明了祖宗创业之艰难;天行之有常只增加他制裁自然界的能力。

"甚至于因果律之笼罩一切,也并不见得束缚他的自由。因为因果律的作用,一方面使他可以由因求果,由果推因,解释过去,预测未来;一方面又使他可以运用他的智慧,创造新因,以求新果。甚至于生存竞争的观念也并不见得就使他成为一个冷酷无情的畜生,也许还可以格外增加他对于同类的同情心,格外使他深信互助的重要,格外使他注重人为的努力,以减免天然竞争的残酷与浪费。总而言之,这个自然主义的人生观里,未尝没有美,未尝没有诗意,未尝没有道德的责任,未尝没有充分运用创造的智慧的机会。"

(原载于美国《论坛报》1931年1、2月号。作者自译本收入《中国四大思想家的信仰的自述》上海良友图书印刷公司1931年版。)

逼上梁山

——文学革命的开始

一

提起我们当时讨论"文学革命"的起因,我不能不想到那时清华学生监督处的一个怪人。这个人叫做钟文鳌,他是一个基督教徒,受了传教士和青年会的很大的影响。他在华盛顿的清华学生监督处做书记,他的职务是每月寄发各地学生应得的月费。他想利用他发支票的机会来做一点社会改革的宣传。他印了一些宣传品,和每月的支票夹在一个信封里寄给我们。他的小传单有种种花样,大致是这样的口气:

"不满二十五岁不娶妻。"
"废除汉字,取用字母。"

"多种树,种树有益。"

支票是我们每月渴望的;可是钟文鳌先生的小传单未必都受我们的欢迎。我们拆开信,把支票抽出来,就把这个好人的传单抛在字纸篓里去。

可是钟先生的热心真可厌——他不管你看不看,每月总照样夹带一两张小传单给你。我们平时厌恶这种青年会宣传方法的,总觉得他这样滥用职权是不应该的。有一天,我又接到了他的一张传单,说中国应该改用字母拼音;说欲求教育普及,非有字母不可。我一时动了气,就写了一封短信去骂他。信上的大意是说:"你们这种不通汉文的人,不配谈改良中国文字的问题。你要谈这个问题,必须先费几年工夫,把汉文弄通了,那时你才有资格谈汉字是不是应该废除。"

这封信寄出去之后,我就有点懊悔了。等了几天,钟文鳌先生没有回信来,我更觉得我不应该这样"盛气凌人"。我想,这个问题不是一骂就可完事的。我既然说钟先生不够资格讨论此事,我们够资格的人就应该用点心思才力去研究这个问题。不然,我们就应该受钟先生的训斥了。

那一年恰好东美的中国学生会新成立了一个"文学科学研究部"(Institute of Arts and Sciences),我是文学股的委员,负有准备年会时分股讨论的责任。我就同赵元任先生商量,把"中国文字的问题"作为本年文学股的论题,由他和我两个人分做两篇论文,讨论这个问题的两个方面:赵君专论"吾国文字能否采用字母制,及其进行方法";我的题目是"如何可使吾国文言易于教授"。赵君后来觉得一篇不够,连做了几篇长文,说吾国文字可以采用音标拼音,并且详述赞成与反对的理由。他后来是"国语罗马字"的主要制作人;这几篇主张中国拼音文字的论文是国语罗马字的历史的一种重要史料。

我的论文是一种过渡时代的补救办法。我的日记里记此文大旨如下:

(一)汉文问题之中心在于"汉文究可为传授教育之利器否"一问题。

(二)汉文所以不易普及者,其故不在汉文,而在教之之术之不完。同一文字也,甲以讲书之故而通文,能读书作文;乙以徒事诵读不求讲解之故而终身不能读书作文。可知受病之源在于教法。

(三)旧法之弊,盖有四端:

(1)汉文乃是半死之文字,不当以教活文字之法教之。(活文字者,日用语言之文字,如英法文是也,如吾国之白话是也。死文字者,如希腊、拉丁,非日用之语言,已陈死矣。半死文字者,以其中尚有日用之分子在也。如犬字是已死之字,狗字是活字;乘马是死语,骑马是活语。故曰半死之文字也。)旧法不明此义,以为徒事朗诵,可得字义,此其受病之源。教死文字之法,与教外国文字略相似,须用翻译之法,译死语为活语,前谓"讲书"是也。

(2)汉文乃是视官的文字,非听官的文字。凡一字有二要,一为其声,一为其义:无论何种文字,皆不能同时并达此二者。字母的文字但能传声,不能达意,象形会意之文字,但可达意而不能传声,今之汉文已失象形会意指事之特长;而教者又不复知说文字。其结果遂令吾国文字既不能传声,又不能达意。向之有一短者,今乃并失其所长。学者不独须强记字音,又须强记字义,是事倍而功半也。欲救此弊,当鼓励字源学,当以古体与今体同列教科书中;小学教科当先令童蒙习象形指事之字,次及浅易之会意字,次及浅易之形声字。中学以上皆当习字源学。

(3)吾国文本有文法。文法乃教文字语言之捷径,当今鼓励文法学,列为必须之学科。

(4)吾国向不用文字符号,致文字不易普及;而文法之不讲,亦未始不由于此,今当力求采用一种规定之符号,以求文法之明显易解,及意义之确定不易。(以上引一九一五年八月二十六日记)

我是不反对字母拼音的中国文字的;但我的历史训练(也许是一种保守性)使我感觉字母的文字不是容易实行的,而我那时还没有想到白话可以完全替代文言,所以我那时想要改良文言的教授方法,使汉文容易教授。我那段日记的前段还说:

> 当此字母制未成之先,今之文言终不可废置,以其为仅有之各省交通之媒介也,以其为仅有之教育授受之具也。

我提出的四条古文教授法,都是从我早年的经验里得来的。第一条注重讲解古书,是我幼年时最得力的方法。第二条主张字源学是在美国时的一点经验,有一个美国同学跟我学中国文字,我买一部王筠的《文字蒙求》给他做课本觉得颇有功效。第三条讲求文法是我崇拜《马氏文通》的结果,也是我学习英文的经验的教训。第四条讲标点符号的重要也是学外国文得来的教训;我那几年想出了种种标点的符号,一九一五年六月为《科学》作了一篇《论句读及文字符号》的长文,约有一万字,凡规定符号十种,在引论中我讨论没有文字符号的三大弊:一为意义不能确定,容易误解,二为无以表示文法上的关系,三为教育不能普及。我在日记里自跋云:

> 吾之有意于句读及符号之学也久矣。此文乃数年来关于此问题之思想结晶而成者,初非一时兴到之作也。后此文中,当作此制。七月二日。

二

以上是一九一五年夏季的事。这时候我已承认白话是活文字,古文是半死的文字。那个夏天,任叔永(鸿隽)、梅觐庄(光迪)、杨杏佛(铨)、唐擘黄(钺)都在绮色佳(Ithaca)①过夏,我们常常讨论中国文学的问题。从中国文字问题转到中国文学问题,这是一个大转变。这一班人中,最守旧的是梅觐庄,他绝对不承认中国古文是半死或全死的文字。因为他的反驳,我不能不细细想过我自己的立场。他越驳越守旧,我倒渐渐变的更激烈了。我那时常提到中国文学必须经过一场革命;"文学革命"的口号,就是那个夏天我们乱谈出来的。

梅觐庄新从芝加哥附近的西北大学毕业出来,在绮色佳过了夏,要往哈佛大学去。九月十七日,我做了一首长诗送他,诗中有这两段很大胆的宣言:

---

① 通译伊萨卡,美国地名,康奈尔大学所在地。

梅生梅生毋自鄙！神州文学久枯馁，百年未有健者起。新潮之来不可止；文学革命其时矣！吾辈势不容坐视。且复号召二三子，革命军前杖马箠，鞭笞驱除一车鬼，再拜迎入新世纪！以此报国未云菲：缩地戡天差可拟。梅生梅生毋自鄙！

作歌今送梅生行，狂言人道臣当烹。我自不吐定不快，人言未足为重轻。

在这诗里，我第一次用"文学革命"一个名词。这首诗颇引起了一些小风波。原诗共有四百二十字，全篇用了十一个外国字的译音。任叔永把那诗里的一些外国字连缀起来，做了一首游戏诗送我往纽约：

牛敦①爱迭孙，培根客尔文，
索虏与霍桑，"烟士披里纯"。
鞭笞一车鬼，为君生琼英。
文学今革命，作歌送胡生。

诗的末行自然是挖苦我的"文学革命"的狂言。所以我可不能把这诗当作游戏看。我在九月十九日的日记里记了一行：

右叔永戏赠诗，知我乎？罪我乎？

九月二十日，我离开绮色佳，转学到纽约去进哥伦比亚大学，在

---

① 通译牛顿。

火车上用叔永的游戏诗的韵脚,写了一首很庄重的答词,寄给绮色佳的各位朋友:

> 诗国革命何自始?要须作诗如作文。
> 琢镂粉饰丧元气,貌似未必诗之纯。
> 小人行文颇大胆,诸公一一皆人英。
> 愿共僇力莫相笑,我辈不作儒腐生。

在这短诗里,我特别提出了"诗国革命"的问题,并且提出了一个"要须作诗如作文"的方案,从这个方案上,惹出了后来做白话诗的尝试。

我认定了中国诗史上的趋势,由唐诗变到宋诗,无甚玄妙,只是作诗更近于作文!更近于说话。近世诗人欢喜做宋诗,其实他们不曾明白宋诗的长处在哪儿。宋朝的大诗人的绝大贡献,只在打破了六朝以来的声律的束缚,努力造成一种近于说话的诗体。我那时的主张颇受了读宋诗的影响,所以说"要须作诗如作文",又反对"琢镂粉饰"的诗。

那时我初到纽约,觐庄初到康桥,各人都很忙,没有打笔墨官司的余暇。但这只是暂时的停战,偶一接触,又爆发了。

三

一九一六年,我们的争辩最激烈,也最有效果。争辩的起点,仍旧是我的"要须作诗如作文"的一句诗。梅觐庄曾驳我道:

足下谓诗国革命始于"作诗如作文",迪颇不以为然。诗文截然两途。诗之文字(Poetic diction)与文之文字(Prose diction)自有诗文以来(无论中西),已分道而驰。足下为诗界革命家,改良"诗之文字"则可。若仅移"文之文字"于诗,即谓之革命,则不可也。……一言以蔽之,吾国求诗界革命,当于诗中求之,与文无涉也。若移"文之文字"于诗,即谓之革命,则诗界革命不成问题矣。以其太易易也。

任叔永也来信,说他赞成觐庄的主张。我觉得自己很孤立,但我终觉得他们两人的说法都不能使我心服。我不信诗与文是完全截然两途的。我答他们的信,说我的主张并不仅仅是以"文之文字"入诗。我的大意是:

　　今日文学大病在于徒有形式而无精神,徒有文而无质,徒有铿锵之韵,貌似之辞而已。今欲救此文胜之弊,宜从三事入手:第一须言之有物,第二须讲文法,第三,当用"文之文字"时,不可避之。三者皆以质救文胜之敝也。(二月三日)

我自己日记里记着:

　　吾所持论,固不徒以"文之文字"入诗而已。然不避"文之文字",自是吾论诗之一法。……古诗如白香山之《道州民》,如老杜之《自京赴奉先咏怀》,如黄山谷之《题莲华寺》,何一非用"文之文字",又何一非用"诗之文字"耶?(三月三日)

这时候，我已仿佛认识了中国文学问题的性质。我认清了这问题在于"有文而无质"。怎么才可以救这"文胜质"的毛病呢？我那时的答案还没有敢想到白话上去，我只敢说"不避文的文字"而已。但这样胆小的提议，我的一班朋友都还不能了解。梅觐庄的固执"诗的文字"与"文的文字"的区别，自不必说。任叔永也不能完全了解我的意思。他有信来说：

> ……要之，无论诗文，皆当有质。有文无质，则成吾国近世萎靡腐朽之文学，吾人正当廓而清之。然使以文学革命自命者，乃言之无文，欲其行远，得乎？近来颇思吾国文学不振，其最大原因，乃在文人无学。救之之法，当从绩学入手。徒于文字形式上讨论，无当也。(二月十日)

这种说法，何尝不是？但他们都不明白"文字形式"往往是可以妨碍束缚文学的本质的。"旧皮囊装不得新酒"，是西方的老话。我们也有"工欲善其事，必先利其器"的古话。文字形式是文学的工具；工具不适用，如何能达意表情？

从二月到三月，我的思想上起了一个根本的新觉悟。我曾彻底想过：一部中国文学史只是一部文字形式(工具)新陈代谢的历史，只是"活文学"随时起来替代了"死文学"的历史。文学的生命全靠能用一个时代的活的工具来表现一个时代的情感与思想。工具僵化了，必须另换新的，活的，这就是"文学革命"。例如《水浒传》上石秀说的：

你这与奴才做奴才的奴才!

我们若把这句话改作古文,"汝奴之奴!"或他种译法,总不能有原文的力量。这岂不是因为死的文字不能表现活的话语?此种例证,何止千百?所以我们可以说:历史上的"文学革命"全是文学工具的革命。叔永诸人全不知道工具的重要,所以说"徒于文字形式上讨论,无当也"。他们忘了欧洲近代文学史的大教训!若没有各国的活语言作新工具,若近代欧洲文人都还须用那已死的拉丁文作工具,欧洲近代文学的勃兴是可能的吗?欧洲各国的文学革命只是文学工具的革命。中国文学史上几番革命也都是文学工具的革命。这是我的新觉悟。

我到此时才把中国文学史看明白了,才认清了中国俗话文学(从宋儒的白话语录到元朝明朝的白话戏曲和白话小说)是中国的正统文学,是代表中国文学革命自然发展的趋势的。我到此时才敢正式承认中国今日需要的文学革命是用白话替代古文的革命,是用活的工具替代死的工具的革命。

一九一六年三月间,我曾写信给梅觐庄,略说我的新见解,指出宋元的白话文学的重要价值。觐庄究竟是研究过西洋文学史的人,他回信居然很赞成我的意见。他说:

来书论宋元文学,甚启聋聩。文学革命自当从"民间文学"(Folklore, Popularpoetry, Spoken language, etc.)入手,此无待言。惟非经一番大战争不可。骤言俚俗文学,必为旧派文家所讪笑攻击。但我辈正欢迎其讪笑攻击耳。(三月十九日)

这封信真叫我高兴,梅觐庄也成了"我辈"了!

我在四月五日把我的见解写出来,作为两段很长的日记。第一段说:

> 文学革命,在吾国史上,非创见也。即以韵文而论:三百篇变而为骚,一大革命也。又变为五言七言之诗,二大革命也。赋之变为无韵之骈文,三大革命也。古诗之变为律诗,四大革命也。诗之变为词,五大革命也。词之变为曲,为剧本,六大革命也。何独于吾所持文学革命论而疑之!

第二段论散文的革命:

> 文亦几遭革命矣。孔子至于秦汉,中国文体始臻完备。……六朝之文亦有绝妙之作。然其时骈俪之体大盛,文以工巧雕琢见长,文法遂衰。韩退之之"文起八代之衰",其功在于恢复散文,讲求文法,此亦一革命也。唐代文学革命家,不仅韩氏一人;初唐之小说家皆革命功臣也。"古文"一派,至今为散文正宗,然宋人谈哲理者,似悟古文之不适于用,于是语录体兴焉。语录体者,以俚语说理记事。……此亦一大革命也。……至元人之小说,此体始臻极盛。……总之,文学革命至元代而登峰造极。其时词也,曲也,剧本也,小说也,皆第一流之文学,而皆以俚语为之。其时吾国真可谓有一种"活文学"出世。倘此革命潮流(革命潮流即天演进化之迹。自其异者言之,谓之革命。自其循序渐进之迹言之,即

谓之进化,可也)不遭明代八股之劫,不受诸文人复古之劫,则吾国之文学必已为俚语的文学,而吾国之语言早成为言文一致之语言,可无疑也。但丁(Dante)之创意大利文,却叟(Chaucer)[①]之创英吉利文,马丁路得(Martin Luther)之创德意志文,未足独有千古矣。惜乎,五百余年来,半死之古文,半死之诗词,复夺此"活文学"之地位,而"半死文学"遂苟延残喘以至于今日。今日之文学,独我佛山人,南亭亭长,洪都百炼生诸公之小说可称"活文学"耳。文学革命何可更缓耶?何可更缓耶!(四月五日夜记)

从此以后,我觉得我已从中国文学演变的历史上寻得了中国文学问题的解决方案,所以我更自信这条路是不错的。过了几天,我作了一首《沁园春》词,写我那时的情绪:

沁园春　誓诗

更不伤春,更不悲秋,以此誓诗。

任花开也好,花飞也好,月圆固好,日落何悲?

我闻之曰,"从天而颂,孰与制天而用之?"更安用,为苍天歌哭,作彼奴为!

文学革命何疑!

且准备搴旗作健儿。

要前空千古,下开百世,收他臭腐,还我神奇。

---

① 通译乔叟。

> 为大中华,造新文学,此业吾曹欲让谁?诗材料,有簇新世界,供我驱驰。(四月十三日)

这首词下半阕的口气是很狂的,我自己觉得有点不安,所以修改了好多次。到了第三次修改,我把"为大中华,造新文学,此业吾曹欲让谁"的狂言,全删掉了,下半阕就改成了这个样子:

> ……文章要有神思,
> 到琢句雕词意已卑。
> 定不师秦七,不师黄九,但求似我,何效人为!
> 语必由衷,言须有物,此意寻常当告谁!从今后,倘傍人门户,不是男儿!

这次改本后,我自跋云:

> 吾国文学大病有三:一曰无病而呻,……二曰摹仿古人,……三曰言之无物。……顷所作词,专攻此三弊,岂徒责人,亦以自誓耳。(四月十七日)

前答觐庄书,我提出三事:言之有物,讲文法,不避"文的文字";此跋提出的三弊,除"言之无物"与前第一事相同,余二事是添出的。后来我主张的文学改良的八件,此时已有了五件了。

四

一九一六年六月中,我往克利佛兰(Cleveland)赴"第二次国际关系讨论会"(Conference of International Relations),去时来时都经过绮色佳,去时在那边住了八天,常常和任叔永、唐擘黄、杨杏佛诸君谈论改良中国文学的方法,这时候我已有了具体的方案,就是用白话作文,作诗,作戏曲。日记里记我谈话的大意有九点:

(一)今日之文言乃是一种半死的文字。

(二)今日之白话是一种活的语言。

(三)白话并不鄙俗,俗儒乃谓之俗耳。

(四)白话不但不鄙俗,而且甚优美适用。凡言要以达意为主,其不能达意者,则为不美。如说:"赵老头回过身来,爬在街上,扑通扑通的磕了三个头。"若译作文言,更有何趣味?

(五)凡文言之所长,白话皆有之。而白话之所长,则文言未必能及之。

(六)白话并非文言之退化,乃是文言之进化,其进化之迹,略如下述:

(1)从单音的进而为复音的。

(2)从不自然的文法进而为自然的文法,例如"舜何人也"变为"舜是什么人";"己所不欲"变为"自己不要的"。

(3)文法由繁趋简。例如代名词的一致。

(4)文言之所无,白话皆有以补充。例如文言只能说,"此乃吾儿之书"，但不能说"这书是我儿子的"。

（七）白话可以产生第一流文学。白话已产生小说，戏剧，语录，诗词，此四者皆有史事可证。

（八）白话的文学为中国千年来仅有之文学。其非白话的文学，如古文，如八股，如笔记小说，皆不足与于第一流文学之列。

（九）文言的文字可读而听不懂；白话的文字既可读，又听得懂。凡演说，讲学，笔记，文言决不能应用。

今日所需，乃是一种可读，可听，可歌，可讲，可记的言语。要读书不须口译，演说不须笔译；要施诸讲坛舞台而皆可，诵之村姬妇孺皆可懂。不如此者，非活的言语也，决不能成为吾国之国语也，决不能产生第一流的文学也。（七月六日追记）

七月二日，我回纽约时，重过绮色佳，遇见梅觐庄，我们谈了半天，晚上我就走了。日记里记此次谈话的大致如下：

吾以为文学在今日不当为少数文人之私产，而当以能普及最大多数之国人为一大能事。吾又以为文学不当与人事全无关系；凡世界有永久价值之文学，皆尝有大影响于世道人心者也。觐庄大攻此说，以为 utilitarian（功利主义），又以为偷得 Tolstoi（托尔斯太）之绪余；以为此等十九世纪之旧说，久为今人所弃置。

余闻之大笑。夫吾之论中国文学，全从中国一方面着想，初不管欧西批评家发何议论。吾言而是也，其为 utilitarian，其为 Tolstoyan 又何损其为是。吾言而非也，但当攻其所以非之处，不必问其为 utilitarian 抑为 Tolstoyan 也。（七月十三日追记）

五

我回到纽约之后不久,绮色佳的朋友们遇着了一件小小的不幸事故,产生了一首诗,引起了一场大笔战,竟把我逼上了决心试做白话诗的路上去。

七月八日,任叔永同陈衡哲女士、梅觐庄、杨杏佛、唐擘黄在凯约嘉湖上摇船,近岸时船翻了,又遇着大雨。虽没有伤人,大家的衣服都湿了。叔永做了一首四言的《泛湖即事》长诗,寄到纽约给我看。诗中有"言棹轻楫,以涤烦疴";又有"猜谜赌胜,载笑载言"等等句子。恰好我是曾做《诗三百篇中"言"字解》的,看了"言棹轻楫"的句子;有点不舒服,所以我写信给叔永说:

……再者,诗中所用"言"字"载"字,皆系死字;又如"猜谜赌胜,载笑载言"二句,上句为二十世纪之活字,下句为三千年前之死句,殊不相称也。……(七月十六日)

叔永不服,回信说:

足下谓"言"字"载"字为死字,则不敢谓然。如足下意,岂因《诗经》中曾用此字,吾人今日所用字典便不当搜入耶?"载笑载言"固为"三千年前之语",然可用以达我今日之情景,即为今日之语,而非"三千年前之死语",此君我不同之点也。……(七月十七日)

我的本意只是说"言"字"载"字在文法上的作用,在今日还未能确定,我们不可轻易乱用。我们应该铸造今日的活语来"达我今日之情景",不当乱用意义不确定的死字。苏东坡用错了"驾言"两字,曾为章子厚所笑。这是我们应该引为训戒的。

这一点本来不很重要,不料竟引起了梅觐庄出来打抱不平;他来信说:

> 足下所自矜为"文学革命"真谛者,不外乎用"活字"以入文,于叔永诗中稍古之字,皆所不取,以为非"二十世纪之活字"。此种论调,因足下所恃为哓哓以提倡"新文学"者,迪又闻之素矣。夫文学革新,须洗去旧日腔套,务去陈言,固矣。然此非尽屏古人所用之字,而另以俗语白话代之之谓也。……足下以俗语白话为向来文学上不用之字,骤以入文,似觉新奇而美,实则无永久价值。因其向未经美术家之锻炼,徒诿诸愚夫愚妇,无美术观念者之口,历世相传,愈趋愈下,鄙俚乃不可言。足下得之,乃矜矜自喜,炫为创获,异矣!如足下之言,则人间材智,教育,选择,诸事,皆无足算,而村农伧夫皆足为诗人美术家矣。甚至非洲之黑蛮,南洋之土人,其言文无分者,最有诗人美术家之资格矣。何足下之醉心于俗语白话如是耶?至于无所谓"活文学",亦与足下前此言之。……文字者,世界上最守旧之物也。……一字意义之变迁,必经数十或数百年而后成,又须经文学大家承认之,而恒人始沿用之焉。足下乃视改革文字如是之易易乎?……
>
> 总之,吾辈言文学革命,须谨慎以出之。尤须先精究吾国文

字,始敢言改革。欲加用新字,须先用美术以锻炼之。非仅以俗语白话代之,即可了事者也。(俗语白话亦有可用者,惟必须经美术家之锻炼耳。)如足下言,乃以暴易暴耳,岂得谓之改良乎?……(七月十七日)

觐庄有点动了气,我要和他开开玩笑,所以做了一首一千多字的白话游戏诗回答他。开篇就是描摹老梅生气的神气:

"人闲天又凉",老梅上战场。
拍桌骂胡适,说话太荒唐!
说什么"中国有活文学"!
说什么"须用白话做文章"!
文字哪有死活! 白话俗不可当!
……

第二段中有这样的话:

老梅牢骚发了,老胡呵呵大笑。
且请平心静气,这是什么论调!
文字没有古今,却有死活可道。
古人叫做"欲",今人叫做"要"。
古人叫做"至",今人叫做"到"。
古人叫做"溺",今人叫做"尿"。
本来同是一字,声音少许变了。

> 并无雅俗可言,何必纷纷胡闹?
> 至于古人叫"字",今人叫"号";
> 古人悬梁,今人上吊:
> 古名虽未必不佳,今名又何尝不妙?
> 至于古人乘舆,今人坐轿;
> 古人加冠束帻,今人但知戴帽:
> 这都是古所没有,而后人所创造。
> 若必叫帽作巾,叫轿作舆,
> 岂非张冠李戴,认虎作豹?
> ……

第四段专答他说的"白话须锻炼"的意思:

> 今我苦口哓舌,算来欲是如何?
> 正要求今日的文学大家,
> 把那些活泼泼的白话,
> 拿来锻炼,拿来琢磨,
> 拿来作文演说,作曲作歌:——
> 出几个白话的嚣俄,
> 和几个白话的东坡,
> 那不是"活文学"是什么?
> 那不是"活文学"是什么?
> ……

这首"打油诗"是七月二十二日做的,一半是少年朋友的游戏,一半是我有意试做白话的韵文。但梅、任两位都大不以为然。觐庄来信大骂我,他说:

> 读大作如儿时听"莲花落",真所谓革尽古今中外诗人之命者!足下诚豪健哉!……(七月二十四日)

叔永来信也说:

> 足下此次试验之结果,乃完全失败;盖足下所作,白话则诚白话矣,韵则有韵矣,然却不可谓之诗。盖诗词之为物,除有韵之外,必须有和谐之音调,审美之辞句,非如宝玉所云"押韵就好"也。……(七月二十四夜)

对于这一点,我当时颇不心服,曾有信替自己辩护,说我这首诗,当作一首 Satire(嘲讽诗)看,并不算是失败,但这种"戏台里喝采",实在大可不必。我现在回想起来,也觉得自己好笑。

但这一首游戏的白话诗,本身虽没有多大价值,在我个人做白话诗的历史上,可是很重要的。因为梅、任诸君的批评竟逼得我不能不努力试做白话诗了。觐庄的信上曾说:

> 文章体裁不同。小说词曲固可用白话,诗文则不可。

叔永的信上也说:

要之，白话自有白话用处(如作小说演说等)，然不能用之于诗。

这样看来，白话文学在小说词曲演说的几方面，已得梅、任两君的承认了。觐庄不承认白话可作诗与文，叔永不承认白话可用来作诗。觐庄所谓"文"，自然是指《古文辞类纂》一类的书里所谓"文"(近来有人叫做"美文")。在这一点上，我毫不狐疑，因为我在几年前曾做过许多白话的议论文，我深信白话文是不难成立的。现在我们的争点，只在"白话是否可以作诗"的一个问题了。白话文学的作战，十仗之中，已胜了七八仗。现在只剩一座诗的壁垒，还须用全力去抢夺。待到白话征服这个诗国时，白话文学的胜利就可说是十足的了，所以我当时打定主意，要作先锋去打这座未投降的壁垒：就是要用全力去试做白话诗。

叔永的长信上还有几句话使我更感觉这种试验的必要。他说：

如凡白话皆可为诗，则吾国之京调高腔，何一非诗？……乌乎适之，吾人今日言文学革命，乃诚见今日文学有不可不改革之处，非特文言白话之争而已。……以足下高才有为，何为舍大道不由，而必旁逸斜出，植美卉于荆棘之中哉？……今日假定足下之文学革命成功，将令吾国作诗皆京调高腔，而陶谢李杜之流永不复见于神州，则足下之功又何如哉，心所谓危，不敢不告。……足下若见听，则请从他方面讲文学革命，勿徒以白话诗为事矣。……(七月二十四夜)

这段话使我感觉他们都有一个根本上的误解。梅、任诸君都赞成"文学革命"，他们都"诚见今日文学有不可不改革之处"。但他们赞成的文学革命，只是一种空荡荡的目的，没有具体的计划，也没有下手的途径。等到我提出了一个具体的方案（用白话做一切文学的工具），他们又都不赞成了。他们都说，文学革命决不是"文言白话之争而已"。他们都说，文学革命应该有"他方面"，应该走"大道"。究竟那"他方面"是什么方面呢？究竟那"大道"是什么道呢？他们又都说不出来了；他们只知道决不是白话！

我也知道光有白话算不得新文学，我也知道新文学必须有新思想和新精神。但是我认定了：无论如何，死文字决不能产生活文学。若要造一种活的文字，必须有活的工具。那已产生的白话小说词曲，都可证明白话是最配做中国活文学的工具的。我们必须先把这个工具抬高起来，使他成为公认的中国文学工具，使他完全替代那半死的或全死的老工具。有了新工具，我们方才谈得到新思想和新精神等等其他方面。这是我的方案。现在反对的几位朋友已承认白话可以作小说戏曲了。他们还不承认白话可以作诗。这种怀疑，不仅是对于白话诗的局部怀疑，实在还是对于白话文学的根本怀疑。在他们的心里，诗与文是正宗，小说戏曲还是旁门小道。他们不承认白话诗文，其实他们是不承认白话可作中国文学的惟一工具。所以我决心要用白话来征服诗的壁垒，这不但是试验白话诗是否可能，这就是要证明白话可以做中国文学的一切门类的惟一工具。

白话可以作诗，本来是毫无可疑的。杜甫、白居易、寒山、拾得、邵雍、王安石、陆游的白话诗都可以举来作证。词曲里的白话更多了。但何以我的朋友们还不能承认白话诗的可能呢？这有两个原因：第一是因为白话诗确是不多，在那无数的古文诗里，这儿那儿的几首白话诗在数量上确是很少的。第二是因为旧日的诗人词人只有偶然用白话做诗词的，没有用全力做白话诗词的，更没有自觉的做白话诗词的。所以现在这个问题还不能光靠历史材料的证明，还须等待我们用实地试验来证明。

所以我答叔永的信上说：

> 总之，白话未尝不可以入诗，但白话诗尚不多见耳。古之所少有，今日岂必不可多作乎？……

> 白话之能不能作诗，此一问题全待吾辈解决。解决之法，不在乞怜古人，谓古之所无，今必不可有；而在吾辈实地试验。一次"完全失败"，何妨再来？若一次失败，便"期期以为不可"，此岂"科学的精神"所许乎？……

> 高腔京调未尝不可成为第一流文学。……适以为但有第一流文人肯用高腔京调著作，便可使京调高腔成第一流文学。病在文人胆小不敢用之耳。元人作曲可以取仕宦，下之亦可谋生，故名士如高则诚、关汉卿之流皆肯作曲作杂剧。今之高腔京调皆不文不学之戏子为之，宜其不能佳矣。此则高腔京调之不幸也。……

> 足下亦知今日受人崇拜之莎士比亚，即当时唱京调高腔者乎？……与莎氏并世之倍根著《论集》（*Essays*），有拉丁文英文两种本子；书既出世，倍根自言，其他日不朽之名当赖拉丁文一本；而英文本则但以供一般普通俗人之传诵耳，不足轻重也。此可见当时之英文的文学，其地位皆与今日京调高腔不相上下。……吾

绝对不认"京调高腔"与"陶谢李杜"为势不两立之物。今且用足下之文字以述吾梦想中之文学革命之目的,曰:

(1) 文学革命的手段,要令国中之陶、谢、李、杜敢用白话京调高腔作诗。要令国中之陶、谢、李、杜皆能用白话京调高腔作诗。

(2) 文学革命的目的,要令中国有许多白话京调高腔的陶、谢、李、杜,要令白话京调高腔之中产出几许陶、谢、李、杜。

(3) 今日决用不着陶、谢、李、杜的陶、谢、李、杜。何也?时代不同也。

(4) 吾辈生于今日,与其作不能行远不能普及的《五经》、两汉、六朝、八家文字,不如作家喻户晓的《水浒》、《西游》文字。与其作似陶似谢似李似杜的诗,不如作不似陶不似谢不似李不似杜的白话诗。与其作一个"真诗",走"大道",学这个,学那个的陈伯严、郑苏盦,不如作一个实地试验,"旁逸斜出","舍大道而弗由"的胡适。

此四者,乃适梦想中文学革命之宣言书也。

嗟夫,叔永,吾岂好立异以为高哉?徒以"心所谓是,不敢不为"。吾志决矣。吾自此以后,不更作文言诗词。吾之《去国集》乃是吾绝笔的文言韵文也。……(七月二十六日)

这是我第一次宣言不做文言的诗词。过了几天,我再答叔永道:

古人说:"工欲善其事,必先利其器。"文字者,文学之器也。我私心以为文言决不足为吾国将来文学之利器。施耐庵、曹雪芹诸人已实地证明作小说之利器在于白话。今尚需人实地试验白话是否可为韵文之利器耳。……

　　我自信颇能用白话作散文,但尚未能用之于韵文。私心颇欲以数年之力,实地练习之。倘数年之后,竟能用文言白话作文作诗,无不随心所欲,岂非一大快事?

　　我此时练习白话韵文,颇似新辟一文学殖民地。可惜须单身匹马而往,不能多得同志,结伴同行。然我去志已决。公等假我数年之期。倘此新国尽是沙碛不毛之地,则我或终归老于"文言诗国",亦未可知。倘幸而有成,则辟除荆棘之后,当开放门户,迎公等同来莅止耳。"狂言人道臣当烹。我自不吐定不快,人言未足为轻重。"足下定笑我狂耳。……(八月四日)

这封信是我对于一班讨论文学的朋友的告别书。我把路线认清楚了,决定努力做白话诗的试验,要用试验的结果来证明我的主张的是非。所以从此之后,我不再和梅任诸君打笔墨官司了。信中说的"可惜须单身匹马而往,不能多得同志,结伴而行",也是我当时心里感觉的一点寂寞。我心里最感觉失望的,是我平时最敬爱的一班朋友都不肯和我同去探险。一年多的讨论,还不能说服一两个好朋友,我还妄想要在国内提倡文学革命的大运动吗?

　　有一天,我坐在窗口吃我自做的午餐,窗下就是一大片长林乱草,远望着赫贞江。我忽然看见一对黄蝴蝶从树梢飞上来;一会儿,一只蝴蝶飞下去了;还有一只蝴蝶独自飞了一会,也慢慢的飞下去,去寻他的同伴去了,我心里颇有点感触,感触到一种寂寞的难受,所以我写了一首白话小诗,题目就叫做《朋友》(后来才改作《蝴蝶》):

> 两个黄蝴蝶,双双飞上天。
> 不知为什么,一个忽飞还。
> 剩下那一个,孤单怪可怜;
> 也无心上天,天上太孤单。(八月二十三日)

这种孤单的情绪,并不含有怨望我的朋友的意思。我回想起来,若没有那一班朋友和我讨论,若没有那一日一邮片,三日一长函的朋友切磋的乐趣,我自己的文学主张决不会经过那几层大变化,决不会渐渐结晶成一个有系统的方案,决不会慢慢地寻出一条光明的大路来。况且那年(一九一六)的三月间,梅觐庄对于我的俗话文学的主张,已很明白的表示赞成了。(看上文引他的三月十九日来信。)后来他们的坚决反对,也许是我当时的少年意气太盛,叫朋友难堪,反引起他们的反感来了。就使他们不能平心静气的考虑我的历史见解,就使他们走上了反对的路上去,但是因为他们的反驳,我才有实地试验白话诗的决心。庄子说得好:"彼出于是,是亦因彼。"一班朋友做了我多年的"他山之错",我对他们,只有感激,决没有丝毫的怨望。

我的决心试验白话诗,一半是朋友们一年多讨论的结果,一半也是我受的实验主义的哲学的影响。实验主义教训我们:一切学理都只是一种假设;必须要证实了(verified),然后可算是真理。证实的步骤,只是先把一个假设的理论的种种可能的结果都推想出来,然后想法子来试验这些结果是否适用,或是否能解决原来的问题。我的白话文学论不过是一个假设,这个假设的一部分(小说词曲等)已有历史的证实了;其余一部分(诗)还须等待实地试验的结果。我的白话诗的实地试验,不过是我的实验主义的一种应用。所以我的白话诗还没有写得几首,

我的诗集已有了名字,就叫做《尝试集》。我读陆游的诗,有一首诗云:

能仁院前有石像丈余,盖作大像时样也

江阁欲开千尺像,云龛先定此规模。
斜阴徙倚空长叹,尝试成功自古无。

陆放翁这首诗大概是别有所指,他的本意大概是说:小试而不得大用,是不会成功的,我借他这句诗,做我的白话诗集的名字,并且做了一首诗,说明我的尝试主义:

尝试篇

"尝试成功自古无",放翁这话未必是。我今为下一转语,自古成功在尝试。请看药圣尝百草,尝了一味又一味。又如名医试丹药,何嫌六百零六次。莫想小试便成功,哪有这样容易事!有时试到千百回,始知前功尽抛弃。即使如此已无愧,即此失败便足记。告人此路不通行,可使脚力莫浪费。我生求师二十年,今得"尝试"两个字。作诗做事要如此,虽未能到颇有志。作"尝试歌"颂吾师,愿大家都来尝试!(八月三日)

这是我的实验主义的文学观。

这个长期讨论的结果,使我自己把许多散漫的思想汇集起来,成为一个系统。一九一六年的八月十九日,我写信给朱经农,中有一段说:

新文学之要点，约有八事：

（一）不用典。

（二）不用陈套语。

（三）不讲对仗。

（四）不避俗字俗语。（不嫌以白话作诗词。）

（五）须讲求文法。（以上为形式的方面。）

（六）不作无病之呻吟。

（七）不摹仿古人。

（八）须言之有物。[以上为精神（内容）的方面。]

那年十月中，我写信给陈独秀先生，就提出这八个"文学革命"的条件。次序也是这样的；不到一个月，我写了一篇《文学改良刍议》，用复写纸抄了两份，一份给《留美学生季报》发表，一份寄给独秀在《新青年》上发表（《胡适文存》卷一，页七一二三）。在这篇文字里，八件事的次序大改变了：

（一）须言之有物。

（二）不摹仿古人。

（三）须讲求文法。

（四）不作无病之呻吟。

（五）务去烂调套语。

（六）不用典。

（七）不讲对仗。

（八）不避俗字俗语。

这个新次第是有意改动的。我把"不避俗字俗语"一件放在最后，标题只是很委婉的说"不避俗字俗语"，其实是很郑重的提出我的白话文学的主张。我在那篇文字里说：

> 吾惟以施耐庵、曹雪芹、吴研人为文学正宗，故有"不避俗字俗语"之论也。盖吾国言文之背驰久矣。自佛书之输入，译者以文言不足以达意，故以浅近之文译之，其体已近白话。其后佛氏讲义语录尤多用白话为之者，是为语录体之原始。及宋人讲学，以白话为语录，此体遂成讲学正体（明人因之）。当是时，白话已久入韵文，观宋人之诗词可见。及至元时，中国北部在异族之下三百余年矣。此三百年中，中国乃发生一种通俗行远之文学，文则有《水浒》、《西游》、《三国》，曲则尤不可胜计。以今世眼光观之，则中国文学当以元代为最盛；传世不朽之作，当以元代为最多。此无可疑也。当是时，中国之文学最近言文合一，白话几成文学的语言矣。使此趋势不受阻遏，则中国几有一"活文学"出现，而但丁、路得之伟业几发生于神州。不意此趋势骤为明代所阻，政府既以八股取士，而当时文人以何李七子之徒，又争以复古为高。于是此千年难遇言文合一之机会，遂中道夭折矣。然以今世历史进化的眼光观之，则白话文学之为中国文学之正宗，又为将来文学必用之利器，可断言也。以此之故，吾主张今日作文作诗，宜采用俗语俗字。与其用三千年前之死字，不如用二十世纪之活字。与其作不能行远不能普及之秦汉六朝文字，不如作家喻户晓

之《水浒》、《西游》文字也。

这完全是用我三四月中写出的《中国文学史观》(见上文引的四月五日日记)稍稍加上一点后来的修正,可是我受了在美国的朋友的反对,胆子变小了,态度变谦虚了,所以此文标题但称"文学改良刍议"而全篇不敢提起"文学革命"的旗子。篇末还说:

> 上述八事,乃吾年来研思此一大问题之结果。……谓之"刍议",犹云未定草也。伏惟国人同志有以匡纠是正之。

这是一个外国留学生对于国内学者的谦逊态度。文字题为"刍议",诗集题为"尝试",是可以不引起很大的反感的了。

陈独秀先生是一个老革命党,他起初对于我的八条件还有点怀疑(《新青年》二卷二号。其时国内好学深思的少年,如常乃德君,也说"说理纪事之文,必当以白话行之,但不可施于美术文耳"。见《新青年》二卷四号)。但他见了我的《文学改良刍议》之后,就完全赞成我的主张;他接着写了一篇《文学革命论》(《新青年》二卷五号),正式在国内提出"文学革命"的旗帜。他说:

> 文学革命之气运,酝酿已非一日。其首举义旗之急先锋则为吾友胡适。余甘冒全国学究之敌,高张"文学革命军"之大旗,以为吾友之声援。旗上大书特书吾革命三大主义:
>
> 曰:推倒雕琢的、阿谀的贵族文学;建设平易的、抒情的国民文学。

曰：推倒陈腐的、铺张的古典文学；建设新鲜的、立诚的写实文学。

曰：推倒迂晦的、艰涩的山林文学；建设明了的、通俗的社会文学。

独秀之外，最初赞成我的主张的，有北京大学教授钱玄同先生（《新青年》二卷六号通信；又三卷一号通信）。此后文学革命的运动就从美国几个留学生的课余讨论，变成国内文人学者的讨论了。

《文学改良刍议》是一九一七年一月出版的，我在一九一七年四月九日还写了一封长信给陈独秀先生，信内说：

此事之是非，非一朝一夕所能定，亦非一二人所能定。甚愿国中人士能平心静气与吾辈同力研究此问题。讨论既熟，是非自明。吾辈已张革命之旗，虽不容退缩，然亦决不敢以吾辈所主张为必是，而不容他人之匡正也。……

独秀在《新青年》（第三卷三号）上答我道：

鄙意容纳异议，自由讨论，固为学术发达之原则，独至改良中国文学当以白话为正宗之说，其是非甚明，必不容反对者有讨论之余地；必以吾辈所主张者为绝对之是，而不容他人之匡正也。盖以吾国文化倘已至文言一致地步，则以国语为文，达意状物，岂非天经地义？尚有何种疑义必待讨论乎？其必欲摈弃国语文学，而悍然以古文为正宗者，犹之清初历家排斥西法，乾嘉畴人非难地球绕日之说,吾辈实无余闲与之作此无谓之讨论也。

这样武断的态度,真是一个老革命党的口气。我们一年多的文学讨论的结果,得着了这样一个坚强的革命家做宣传者,做推行者,不久就成为一个有力的大运动了。

《四十自述》的一章,二十二年。十二月,三日夜脱稿。

〔原载于 1934 年 1 月《东方杂志》31 卷 1 期,后收入《中国新文学大系·建设理论集》(良友图书印刷公司 1935 年 10 月出版)。〕

人物剪影

　　志摩走了,我们这个世界里被他带走了不少的云彩。他在我们这些朋友之中,真是一片最可爱的云彩,永远是温暖的颜色,永远是美的花样,永远是可爱。

中国爱国女杰王昭君传

列位看我这篇传记,一定要奇怪,说这"王昭君"三字,怎么能和这"爱国女杰"四字合在一起呢?那王昭君不是汉朝一个失宠的宫女么?不是受了画工毛延寿的害,不中元帝之意,被元帝派去和番的么?这个人怎么算得爱国的女豪杰呢?列位这种疑心并没有错,不过列位都被那古时做书的人欺骗了几千年,所以如今还说这种话,简直把这位爱国女杰王昭君,受了两千年的冤枉,埋没到如今。我如今既然找得真凭实据,可以证明这位王昭君确是一位爱国女豪杰,断不敢不来表彰一番,使大家来崇拜。这便是在下做这篇昭君传的原因了。

我且先说那旧说。那旧说道,王昭君是汉元帝时候一个宫人。那时元帝的后宫,人太多了,一时不能看遍。遂召许多画工,把那些宫人的容貌,都图成一册,好照看那册子上的面貌,按图召见。便有那许多宫人,容貌中常的,便在那画工面前行了贿赂,有送十万钱的,也有送五万钱的。只有王昭君不屑做这些苟且无耻的事,那画工不能得钱,便把昭君的容貌画成丑相。后来匈奴(匈奴是汉朝北方一种外族人的种名,时常来扰中国)的单于来朝(单于是匈奴国王的称呼,和中国称王一般),向皇帝求一个美女。元帝翻那画册,只见王昭君的面貌最丑,便许了匈奴,把昭君赐他。到了次日,元帝便召昭君来见,不料竟是一个绝色美人,竟是宫中第一等的美人,一切应对举止,没有一件不好的。元帝心中可惜的了不得。但是既许了匈奴,不便失信于外夷,只得把昭君赐了匈奴。后来元帝心中越想越可惜,便把那些画工都抓来杀了。

以下说的,都是从前说王昭君的话头。你想那些画工竟敢在皇帝宫中做起买卖来了,胆子也算大极了。况且元帝既见之后,又何尝不可把别人来代替她?所以这种话都是靠不住的。我如今所引证的,也是从古书上来的,并不是无稽之谈。列位且听我道来。

王昭君,名嫱,是蜀郡秭归人氏。她父亲叫王穰,所生只有昭君一女。昭君自幼便和平常女儿家不同,一切举动都合礼法。长成的时候,生得秀外慧中,绝代丰姿,真个宋玉说的"增一分则太长,减一分则太短,傅粉则太白,涂脂则太赤"。再加之幽娴贞静,所以不到十七岁,便早已通国闻名的了。及笄以后,那些世家王孙来求婚的,真个不知其数。她父亲总不肯许。恰巧那时元帝选良家女子入宫,王穰听了这个消息,便来与女儿说知,想要把昭君送进宫去。王昭君听了这话,心中自己估量,自思自己的父亲只生一女,古语道得好,"生女不生男,缓急非所益",父母生我一场,难道亲恩未报,就此罢了不成?如今不如趁这机会,进得宫去,或者得了天子恩宠,得为昭仪或是婕妤,那时可不是连我的父母祖宗都有了光荣,也不枉父母生我一场。主意已定,便极力赞成王穰的说话。王穰见女儿情愿，便把昭君献入宫去。看官要晓得，这原是昭君一片孝心，想做那光耀门楣的女儿。哪里晓得皇帝的深宫，是一个最凄惨最可怜的地方，古来许多诗人做的许多宫怨的诗词，已是写得穷形尽致的了。更有那《红楼梦》上说的，有一位贾元妃，对她父亲说，"当日送我到那不见人的去处"，你看这十二个字，写得多少凄怆呜咽，人尚且不能见，什么生人的乐趣，更不用说自然是没有的了。那宫中几千宫女，个个抬起头来，望着皇帝来临，甚至于有用竹叶插门，盐水洒地，来引皇帝的羊车的。其实好好一个人，到了这种地方，除了卑鄙龌龊苟且逢迎之外，哪里还想得天子的顾盼。唉，这种卑鄙污下的行为，岂是我们这位爱国女杰王昭君做得到的么？昭君到了这个地方，看了这种行为，心想自己容貌虽好，品行虽好，终究不能得天子的宠遇，休说宠遇，简直连天子的颜色都不大望得见了。要是照这样下去，还不是到头做一个白发宫人么？昭君想到这里，自然要蛾眉紧蹙，珠泪常垂的了。

　　看官要记清，上面所说的，都是王昭君入宫的历史。如今要说那王昭君爱国的历史了。看官须晓得，汉朝一代，最大的边患便是那匈奴，从汉高祖以来，常常入寇中国，弄得中国边境年年出兵，民不聊生。宣帝的时候，匈奴内乱，自相争杀，遂分成两国，一边是呼韩邪单于，一边是郅支单于。后来汉朝帮助呼韩邪，攻杀郅支，呼韩邪单于大喜，遂来中国，入朝朝觐。那时正是汉元帝竟宁元年。那时便是王昭君立功的时代了。

　　那时呼韩邪来朝，先谢皇帝复国的恩典，便说："小臣得天子威灵，得有今日，从此以后，断不敢再萌异心。如今想求皇帝赐一个中国女子给臣，使小臣生为汉朝的臣子，又做汉朝的女婿，子孙便做汉朝的外甥。从此匈奴可不是永永成了天朝的外臣了么？"皇帝听了呼韩邪的话，心中很喜欢，只是一件，那匈奴远在长城之外，胡天万里，冰霜遍地，沙漠匝天。住的是韦铺毳幕，吃的是膻肉酪浆。那种苦况，这些娇滴滴的宫娃，那里受得起。谁肯舍了这柏梁建章的宫殿，去吃这种惨不可言的苦况呢。想到这里，心里便踌躇起来了。便叫内监，把全宫的宫人都宣上殿来。不多一会，那金殿上，便黑压压地到了无数如花似玉的宫人。元帝便问道："如今匈奴的国王，要求朕赐一女子给他，你们如有愿去匈奴的，可走出来。"连问了几遍，那些宫人面面相觑，没有一个敢答应的。那时王昭君也在其内，听了皇帝的话，看了大家的情形，晓得大众的意思，都是偷安旦夕，全不顾大局的安危，心里便老大不自在。心想我王嫱入宫已有几年了，长门之怨自不消说，与其做个碌碌无为的上阳宫人，何如轰轰烈烈做一个和亲的公主。我自己的姿容或者能够感动匈奴的单于，使他永远做汉朝的臣子，一来呢，可以增进大汉的国威，二来呢，使两国永永休兵罢战，也免了那边境上年年生民涂炭之苦。将来汉史上即使不说我的功勋，难道那边塞上的口碑，也把我埋没了么？想到这里，更觉得这事竟是我王嫱义不容辞的责任了！昭君主意已定，叹了一口气，黯然立起身来，颤巍巍地走出班来，说"臣妾王嫱愿去匈奴"。那时元帝看见没有人肯去，正在狐疑的时候，忽见人丛里走出这么一位倾城倾国绝代无双的美人来，定睛一看，竟是宫中第一个绝色美人，而且是平日没有见过的。这时候元帝又惊又喜，又怜又惜，惊的是宫中竟有这么一个美人，喜的是这位美人竟肯远去匈奴，怜的是这位美人怎禁得起那万里长征的苦趣，惜的是宫中有了这个美人，却不曾享受得，便把去送与匈奴，岂不可惜，岂不可惜么？皇帝心中虽是可惜，然而那时匈奴的使臣，陪着呼韩邪单于,都在殿上,昭君的美貌,是满朝都看见了的,昭君的言语,是都听见了的,到了这时候,唉,虽有天子的威力,大汉的国势,也不能挽回这事了。元帝到了这时候,一时没得法了,只好把昭君赐了匈奴。从此以后,我们这位爱国女杰王昭君,便做了匈奴呼韩邪单于的大阏支(阏支的意思,和我们中国称王后一般)了。

呼韩邪单于得了王昭君,快活极了。那时汉元帝封昭君为宁胡阏支,这"宁胡"二字,便是"安抚胡人"的意思。果然一个王昭君,竟胜似千百万雄兵,从此以后,胡也宁了,汉也宁了。那时呼韩邪单于便和昭君回到匈奴,一路上经过许多平沙大漠,呼韩邪便叫匈奴的乐士在马上弹起琵琶来,叫昭君一路行一路听着,免得她生思乡之念。不多时昭君到了匈奴。匈奴便年年进贡,永永做汉朝的外臣。于是汉朝的国威远及西北诸国,从元帝到成帝、哀帝、平帝,一直到王莽篡汉的时候。那时呼韩邪也死了,昭君也死了,他子孙做单于的都说,我国世世为汉朝的外甥,如今天子已非刘氏,如何做他的藩属?于是匈奴遂不进贡了,遂独立了。可见这都是这位爱国女杰王昭君的功劳。这便是王昭君的爱国历史。我们中国几千年以来,人人都可怜王昭君出塞和番的苦趣,却没有一个人晓得赞叹王昭君的爱国苦心的。唉,怎么对得住王昭君呀,那真是对不住王昭君了!

(原载于1908年10月11日《竞业旬报》第32期,署名铁儿。未收集。)

宣统与胡适

阳历五月十七日清室宣统帝打电话来邀我进宫去谈谈，当时约定了五月三十日（阴历端午前一日）去看他。三十日上午，他派了一个太监来我家中接我，我们从神武门进宫，在养心殿见着清帝，我对他行了鞠躬礼，他请我坐，我就坐了。他的样子很清秀，但颇单弱；他虽只十七岁，但眼睛的近视，比我还利害；他穿的是蓝袍子，玄色的背心。室中略有古玩陈设，靠窗摆着许多书，炕几上摆着本日的报十几种，内中有《晨报》和《英文快报》，炕几上还有康白情的《草儿》和亚东的《西游记》。他称我"先生"，我称他"皇上"。我们谈的大概都是文学的事，他问起康白情、俞平伯，还问及《诗》杂志。他说他很赞成白话；他做过旧诗，近来也试作新诗。我提起他近来亲自出宫去看陈宝琛的病的事，并说我觉得这是一个很好的事。此外我们还谈了一些别的事，如他出洋留学等事。那一天最要紧的谈话，是他说的："我们做错了许多事,到这个地位,还要糜费民国许多钱,我心里很不安。我本想谋独立生活,故曾想办一个皇室财产清理处。但这件事很有许多人反对,因为我一独立,有许多人就没有依靠了。"我们谈了二十分钟,我就告辞出来了。

这是五十日前的事。一个人去见一个人,本也没有什么稀奇。清宫里这一位十七岁的少年,处的境地是很寂寞的,很可怜的;他在这寂寞之中,想寻一个比较也可算得是一个少年的人来谈谈:这也是人情上很平常的一件事。不料中国人脑筋里的帝王思想,还不曾刷洗干净。所以这一件本来很有人味儿的事,到了新闻记者的笔下,便成了一条怪诧的新闻了。自从这事发生以来,只有《晨报》的记载(我未见),听说大致是不错的;《京津时报》的评论是平允的;此外便都是猜谜的记载、轻薄的评论了。最可笑的是,到了最近半个月之内,还有人把这事当作一件"新闻"看,还捏造出"胡适为帝师","胡适请求免拜跪"种种无根据的话。我没工夫去一一更正他们。只能把这事的真相写出来,叫人家知道这是一件很可以不必大惊小怪的事。

(原载于1922年7月23日《努力周报》第12期。)

追悼志摩

> 悄悄的我走了,
> 　正如我悄悄的来;
> 我挥一挥衣袖,
> 　不带走一片云彩
>
> 　　　　　　　　(《再别康桥》)

志摩这一回真走了!可不是悄悄的走。在那淋漓的大雨里,在那迷蒙的大雾里,一个猛烈的大震动,三百匹马力的飞机碰在一座终古不动的山上,我们的朋友额上受了一个致命的撞伤,大概立刻失去了知觉,半空中起了一团大火,像天上陨了一颗大星似的直掉下地去。我们的志摩和他的两个同伴就死在那烈焰里了!

我们初得着他的死信,却不肯相信,都不信志摩这样一个可爱的人会死得这么惨酷。但在那几天的精神大震撼稍稍过去之后,我们忍不住要想,那样的死法也许只有志摩最配。我们不相信志摩会"悄悄的走了",也不忍想志摩会死一个"平凡的死",死在天空之中,大雨淋着,大雾笼罩着,大火焚烧着,那撞不倒的山头在旁边冷眼瞧着,我们新时代的新诗人,就是要自己挑一种死法,也挑不出更合式,更悲壮的了。

志摩走了,我们这个世界里被他带走了不少的云彩。他在我们这些朋友之中,真是一片最可爱的云彩,永远是温暖的颜色,永远是美的花样,永远是可爱。他常说:

> 我不知道风
> 是在那一个方向吹——

我们也不知道风是在那一个方向吹,可是狂风过去之后,我们的天空变惨淡了,变寂寞了,我们才感觉我们的天上的一片最可爱的云彩被狂风卷去了,永远不回来了!

这十几天里,常有朋友到家里来谈志摩,谈起来常常有人痛哭。在别处痛哭他的,一定还不少。志摩所以能使朋友这样哀念他,只是因为他的为人整个的只是一团同情心,只是一团爱。叶公超先生说,

> 他对于任何人,任何事,从未有过绝对的怨恨,甚至于无意中都没有表示过一些憎嫉的神气。

陈通伯先生说,

尤其朋友里缺不了他。他是我们的连索,他是黏着性的,发酵性的。在这七八年中,国内文艺界里起了不少的风波,吵了不少的架,许多很熟的朋友往往弄的不能见面。但我没有听见有人怨恨过志摩。谁也不能抵抗志摩的同情心,谁也不能避开他的黏着性。他才是和事的无穷的同情,使我们老,他总是朋友中间的"连索"。他从没有疑心,他从不会妒忌。使这些多疑善妒的人们十分惭愧,又十分羡慕。

他的一生真是爱的象征。爱是他的宗教,他的上帝。

> 我攀登了万仞的高冈,
> 荆棘扎烂了我的衣裳,
> 我向飘渺的云天外望——
> 　上帝,我望不见你!
> ……
> 我在道旁见一个小孩:
> 活泼,秀丽,褴褛的衣衫;
> 他叫声"妈",眼里亮着爱——
> 　上帝,他眼里有你!

(《他眼里有你》)

志摩今年在他的《猛虎集自序》里,曾说他的心境是"一个曾经有单纯信仰的流入怀疑的颓废"。这句话是他最好的自述。他的人生观真是一种"单纯信仰",这里面只有三个大字:一个是爱,一个是自由,一个是美。他梦想这三个理想的条件能够会合在一个人生里,这是他的"单纯信仰"。他的一生的历史,只是他追求这个单纯信仰的实现的历史。

社会上对于他的行为,往往有不谅解的地方,都只因为社会上批评他的人不曾懂得志摩的"单纯信仰"的人生观。他的离婚和他的第二次结婚,是他一生最受社会严厉批评的两件事。现在志摩的棺已盖了,而社会上的议论还未定。但我们知道这两件事的人,都能明白,至少在志摩的方面,这两件事最可以代表志摩的单纯理想的追求。他万分诚恳的相信那两件事都是他实现那"美与爱与自由"的人生的正当步骤。这两件事的结果,在别人看来,似乎都不曾能够实现志摩的理想生活。但到了今日,我们还忍用成败来议论他吗?

我忍不住我的历史癖,今天我要引用一点神圣的历史材料,来说明志摩决心离婚时的心理。民国十一年三月,他正式向他的夫人提议离婚,他告诉她,他们不应该继续他们的没有爱情没有自由的结婚生活了,他提议"自由之偿还自由",他认为这是"彼此重见生命之曙光,不世之荣业"。他说:

> 故转夜为日,转地狱为天堂,直指顾间事矣。……真生命必自奋斗自求得来,真幸福亦必自奋斗自求得来,真恋爱亦必自奋斗自求得来!彼此前途无限,……彼此有改良社会之心,彼此有造福人类之心,其先自作榜样,勇决智断,彼此尊重人格,自由离婚,止绝苦痛,始兆幸福,皆在此矣。

这信里完全是青年的志摩的单纯的理想主义,他觉得那没有爱又没有自由的家庭是可以摧毁他们的人格的,所以他下了决心,要把自由偿还自由,要从自由求得他们的真生命,真幸福,真恋爱。

后来他回国了,婚是离了,而家庭和社会都不能谅解他。最奇怪的是他和他已离婚的夫人通信更勤,感情更好。社会上的人更不明白了。志摩是梁任公先生最爱护的学生,所以民国十二年任公先生曾写一封很恳切的信去劝他。在这信里,任公提出两点:

其一,万不容以他人之苦痛,易自己之快乐。弟之此举,其于弟将来之快乐能得与否,殆茫如捕风,然先已于多数人以无量之苦痛。

其二,恋爱神圣为今之少年所乐道。……兹事盖可遇而不可求。……况多情多感之人,其幻想起落鹘突,而得满足得宁帖也极难。所梦想之神圣境界恐终不可得,徒以烦恼终其身已耳。

任公又说:

呜呼志摩!天下岂有圆满之宇宙?……当知吾侪以不求圆满为生活态度,斯可以领略生活之妙味矣。……若沉迷于不可必得之梦境,挫折数次,生意尽矣,郁邑侘傺以死,死为无名。死犹可也,最可畏者,不死不生而堕落至不复能自拔。呜呼志摩,可无惧耶!可无惧耶!

(十二年一月二日信)

任公一眼看透了志摩的行为是追求一种"梦想的神圣境界",他料到他必要失望,又怕他少年人受不起几次挫折,就会死,就会堕落。所以他以老师的资格警告他:"天下岂有圆满之宇宙?"

但这种反理想主义是志摩所不能承认的。他答复任公的信,第一不承认他是把他人的苦痛来换自己的快乐。他说:

> 我之甘冒世之不韪,竭全力以斗者,非特求免凶惨之苦痛,实求良心之安顿,求人格之确立,求灵魂之救度耳。

> 人谁不求庸德?人谁不安现成?人谁不畏艰险?然且有突围而出者,夫岂得已而然哉?

第二,他也承认恋爱是可遇而不可求的,但他不能不去追求。他说:

> 我将于茫茫人海中访我唯一灵魂之伴侣;得之,我幸;不得,我命,如此而已。

他又相信他的理想是可以创造培养出来的。他对任公说:

> 嗟夫吾师!我尝奋我灵魂之精髓,以凝成一理想之明珠,涵之以热满之心血,朗照我深奥之灵府。而庸俗忌之嫉之,辄欲麻木其灵魂,捣碎其理想,杀灭其希望,污毁其纯洁!我之不流入堕落,流入庸懦,进入卑污,其几亦微矣!

我今天发表这三封不曾发表过的信,因为这几封信最能表现那个单纯的理想主义者徐志摩。他深信理想的人生必须有爱,必须有自由,必须有美;他深信这种三位一体的人生是可以追求的,至少是可以用纯洁的心血培养出来的。——我们若从这个观点来观察志摩的一生,他这十年中的一切行为就全可以了解了。我还可以说,只有从这个观点上才可以了解志摩的行为;我们必须先认清了他的单纯信仰的人生观,方才认得清志摩的为人。

志摩最近几年的生活,他承认是失败。他有一首《生活》的诗,诗是暗惨的可怕:

> 阴沉,黑暗,毒蛇似的蜿蜒,
> 生活逼成了一条甬道:
> 一度陷入,你只可向前,
> 手扪索着冷壁的粘潮,
>
> 在妖魔的脏腑内挣扎,
> 头顶不见一线的天光,
> 这魂魄,在恐怖的压迫下,
> 除了消灭更有什么愿望?

(十九年五月二十九日)

他的失败是一个单纯的理想主义者的失败。他的追求,使我们惭愧,因为我们的信心太小了,从不敢梦想他的梦想。他的失败,也应该使我们对他表示更深厚的恭敬与同情,因为偌大的世界之中,只有他有这信心,冒了绝大的危险,费了无数的麻烦,牺牲了一切平凡的安逸,牺牲了家庭的亲谊和人间的名誉,去追求,去试验一个"梦想之神圣境界",而终于免不了惨酷的失败,也不完全是他的人生观的失败。他的失败是因为他的信仰太单纯了,而这个现实世界太复杂了,他的单纯的信仰禁不起这个现实世界的摧毁;正如易卜生的诗剧 Brand 里的那个理想主义者,抱着他的理想,在人间处处碰钉子,碰的焦头烂额,失败而死。

然而我们的志摩"在这恐怖的压迫下",从不叫一声"我投降了!"他从不曾完全绝望,他从不曾绝对怨恨谁。他对我们说:

> 你们不能更多的责备。我觉得我已是满头的血水,能不低头已算是好的。(《猛虎集自序》)

是的,他不曾低头。他仍旧昂起头来做人;他仍旧是他那一团的同情心,一团的爱。我们看他替朋友做事,替团体做事,他总是仍旧那样热心,仍旧那样高兴。几年的挫折,失败,苦痛,似乎使他更成熟了,更可爱了。

他在苦痛之中,仍旧继续他的歌唱。他的诗作风也更成熟了。他所谓"初期的汹涌性"固然是没有了,作品也减少了;但是他的意境变深厚了,笔致变淡远了,技术和风格都更进步了。这是读《猛虎集》的人都能感觉到的。

志摩自己希望今年是他的"一个真正的复活的机会"。他说:

> 抬起头居然又见到天了。眼睛睁开了,心也跟着开始了跳动。

我们一班朋友都替他高兴。他这几年来想用心血浇灌的花树也许是枯萎的了；但他的同情，他的鼓舞，早又在别的园地里种出了无数的可爱的小树，开出了无数可爱的鲜花。他自己的歌唱有一个时期是几乎消沉了；但他的歌声引起了他的园地外无数的歌喉，嘹亮的唱，哀怨的唱，美丽的唱。这都是他的安慰，都使他高兴。

谁也想不到在这个最有希望的复活时代，他竟丢了我们走了！他的《猛虎集》里有一首咏一只黄鹂的诗，现在重读了，好像他在那里描写他自己的死，和我们对他的死的悲哀：

等候他唱，我们静着望，
怕惊了他。但他一展翅，
冲破浓密，化一朵彩云：
他飞了，不见了，没了——
像是春光，火焰，像是热情。

志摩这样一个可爱的人，真是一片春光，一团火焰，一腔热情。现在难道都完了？

决不！决不！志摩最爱他自己的一首小诗，题目叫做"偶然"，在他的《卞昆冈》剧本里，在那个可爱的孩子阿明临死时，那个瞎子弹着三弦，唱着这首诗：

我是天空里的一片云，
偶尔投影在你的波心——
你不必讶异，

更无需欢喜——
在转瞬间消灭了踪影。

你我相逢在黑暗的海上，
你有你的，我有我的，方向。
　　你记得也好，
　　最好你忘掉，
在这交会时互放的光亮！

朋友们，志摩是走了，但他投的影子会永远留在我们心里，他放的光亮也会永远留在人间，他不曾白来了一世。我们有了他做朋友，也可以安慰自己说不曾白来了一世。我们忘不了，和我们

　　在那交会时互放的光亮！

二十年，十二月，三日夜。

　　〔原载于1932年3月《新月》第4卷第1期（志摩纪念号），署名胡适。后收入台北文星书店1966年6月版《胡适选集》。〕

记辜鸿铭

民国十年十月十三夜,我的老同学王彦祖先生请法国汉学家戴弥微先生(Mon Demiéville)在他家中吃饭,陪客的有辜鸿铭先生,法国的□先生,徐墀先生,和我;还有几位,我记不得了。这一晚的谈话,我的日记里留有一个简单的记载,今天我翻看旧日记,想起辜鸿铭的死,想起那晚上的主人王彦祖也死了,想起十三年之中人事变迁的迅速,我心里颇有不少的感触。所以我根据我的旧日记,用记忆来补充它,写成这篇辜鸿铭的回忆。

辜鸿铭向来是反对我的主张的,曾经用英文在杂志上驳我;有一次为了我在《每周评论》上写的一段短文,他竟对我说,要在法庭控告我。然而在见面时,他对我总很客气。

这一晚他先到了王家,两位法国客人也到了;我进来和他握手时,他对那两位外国客说:Here comes my learned enemy! 大家都笑了。

入座之后,戴弥微的左边是辜鸿铭,右边是徐墀。大家正在喝酒吃菜,忽然辜鸿铭用手在戴弥微的背上一拍,说:"先生,你可要小心!"戴先生吓了一跳,问他为什么,他说:"因为你坐在辜疯子和徐颠子的中间!"大家听了,哄堂大笑,因为大家都知道,"Cranky Hsü"和"Crazy Ku"的两个绰号。

一会儿,他对我说:"去年张少轩(张勋)过生日,我送了他一副对子,上联是'荷尽已无擎雨盖',——下联是什么?"我当他是集句的对联,一时想不起好对句,只好问他:"想不出好对,你对的什么?"他说:"下联是'菊残犹有傲霜枝'。"我也笑了。

他又问:"你懂得这副对子的意思吗?"我说:"'菊残犹有傲霜枝'当然是张大帅和你老先生的辫子了。'擎雨盖'是什么呢?"他说:"是清朝的大帽。"我们又大笑。

他在席上大讲他最得意的安福国会选举时他卖票的故事,这个故事我听他亲口讲过好几次了,每回他总添上一点新花样,这也是老年人说往事的普通毛病。

安福部当权时,颁布了一个新的国会选举法,其中有一部分的参议员是须由一种中央通儒院票选的,凡国立大学教授,凡在国外大学得学位的,都有选举权。于是许多留学生有学士硕士博士文凭的,都有人来兜买。本人不必到场,自有人拿文凭去登记投票。据说当时的市价是每张文凭可卖二百元。兜买的人拿了文凭去,还可以变化发财。譬如一张文凭上的姓名是(Wu Ting),第一次可报"武定",第二次可报"丁武",第三次可报"吴廷",第四次可说是江浙方音的"丁和"。这样办法,原价二百元,就可以卖八百元了。

辜鸿铭卖票的故事确是很有风趣的。他说：

□□□来运动我投他一票,我说:"我的文凭早就丢了。"他说:"谁不认得你老人家？只要你亲自来投票,用不着文凭。"我说:"人家卖两百块钱一票,我老辜至少要卖五百块。"他说:"别人两百,你老人家三百。"我说:"四百块,少一毛钱不来,还是先付现款,不要支票。"他要还价,我叫他滚出去。他只好说:"四百块钱依你老人家。可是投票时务必请你到场。"

选举的前一天,□□□果然把四百元钞票和选举入场证都带来了,还再三叮嘱我明天务必到场。等他走了,我立刻出门,赶下午的快车到了天津,把四百块钱全报效在一个姑娘——你们都知道,她的名字叫一枝花——的身上了。两天工夫,钱花光了,我才回北京来。

□□□听说我回来了,赶到我家,大骂我无信义。我拿起一根棍子,指着那个留学生小政客,说:"你瞎了眼睛,敢拿钱来买我！你也配讲信义！你给我滚出去！从今以后不要再上我门来！"

那小子看见我的棍子,真个乖乖的逃出去了。

说完了这个故事,他回过头来对我说：

你知道有句俗话:"监生拜孔子,孔子吓一跳。"我上回听说□□□的孔教会要去祭孔子,我编了一首白话诗：

监生拜孔子,孔子吓一跳。

孔会拜孔子,孔子要上吊。

胡先生,我的白话诗好不好?

一会儿,辜鸿铭指着那两位法国客人大发议论了。他说:

先生们,不要见怪,我要说你们法国人真有点不害羞,怎么把一个文学博士的名誉学位送给□□□!□先生,你的《□□报》上还登出□□□的照片来,坐在一张书桌边,桌上堆着一大堆书,题做"□大总统著书之图"!呃,呃,真羞煞人!我老辜向来佩服你们贵国,——La belle France!现在真丢尽了你们的 La belle France 的脸了!你们要是送我老辜一个文学博士,也还不怎样丢人!可怜的班乐卫先生,他把博士学位送给□□□,呃?

那两位法国客人听了老辜的话,都很感觉不安,那位《□□报》的主笔尤其脸红耳赤,他不好不替他的政府辩护一两句。辜鸿铭不等他说完,就打断他的话,说:"Monsieur,你别说了。有一个时候,我老辜得意的时候,你每天来看我,我开口说一句话,你就说:'辜先生,您等一等。'你就连忙摸出铅笔和日记本子来,我说一句,你就记一句,一个字也不肯放过。现在我老辜倒霉了,你的影子也不上我门上来了。"

那位法国记者,脸上更红了。我们的主人觉得空气太紧张了,只好提议,大家散坐。

上文说起辜鸿铭有一次要在法庭控告我,这件事我也应该补叙一笔。

在民国八年八月间,我在《每周评论》第三十三期登出了一段随感录:

> 〔辜鸿铭〕现在的人看见辜鸿铭拖着辫子,谈着"尊王大义",一定以为他是向来顽固的。却不知辜鸿铭当初是最先剪辫子的人;当他壮年时,衙门里拜万寿,他坐着不动。后来人家谈革命了,他才把辫子留起来。辛亥革命时,他的辫子还没有养全,拖带着假发接的辫子,坐着马车乱跑,很出风头。这种心理很可研究。当初他是"立异以为高",如今竟是"久假而不归"了。

这段话是高而谦先生告诉我的,我深信高而谦先生不说谎话,所以我登在报上。那一期出版的一天,是一个星期日,我在北京西车站同一个朋友吃晚饭。我忽然看见辜鸿铭先生同七八个人也在那里吃饭。我身边恰好带了一张《每周评论》,我就走过去,把报送给辜先生看。他看了一遍,对我说:"这段记事不很确实。我告诉你我剪辫子的故事。我的父亲送我出洋时,把我托给一位苏格兰教士,请他照管我。但他对我说:现在我完全托了□先生,你什么事都应该听他的话。只有两件事我要叮嘱你:第一,你不可进耶稣教;第二,你不可剪辫子。我到了苏格兰,跟着我的保护人,过了许多时。每天出门,街上小孩子总跟着我叫喊:'瞧呵,支那人的猪尾巴!'我想着父亲的教训,忍着侮辱,终不敢剪辫。那个冬天,我的保护人往伦敦去了,有一天晚上我去拜望一个女朋友。这个女朋友很顽皮,她拿起我的辫子来赏玩,说中国人的头发真黑的可爱。我看她的头发也是浅黑的,我就说:'你要肯赏收,我就把辫子剪下来送给你。'她笑了;我就借了一把剪子,把我的辫子剪下来送了给她。这是我最初剪辫子的故事。可是拜万寿,我从来没有不拜的。"他说时指着同坐的几位老头子,"这几位都是我的老同事。你问他们,我可曾不拜万寿牌位?"

我向他道歉,仍回到我们的桌上。我远远的望见他把我的报纸传给同坐客人看。我们吃完了饭,我因为身边只带了这一份报,就走过去向他讨回那张报纸。大概那班客人说了一些挑拨的话,辜鸿铭站起来,把那张《每周评论》折成几叠,向衣袋里一插,正色对我说:"密斯忒胡,你在报上毁谤了我,你要在报上向我正式道歉。你若不道歉,我要向法庭控告你。"

我忍不住笑了。我说:"辜先生,你说的话是开我玩笑,还是恐吓我?你要是恐吓我,请你先去告状;我要等法庭判决了才向你正式道歉。"我说了,点点头,就走了。

后来他并没有实行他的恐吓。大半年后,有一次他见着我,我说:"辜先生,你告我的状子进去了没有?"他正色说:"胡先生,我向来看得起你;可是你那段文章实在写的不好!"

(原载 1935 年 8 月 11 日《大公报·文艺副刊》第 64 期。)

追忆曾孟朴先生

我在上海做学生的时代,正是东亚病夫的《孽海花》在《小说林》上陆续刊登的时候,我的哥哥绍之曾对我说这位作者就是曾孟朴先生。

隔了近二十年,我才有认识曾先生的机会,我那时在上海住家,曾先生正在发愿努力翻译法国文学大家嚣俄的戏剧全集。我们见面的次数很少,但他的谦逊虚心,他的奖掖的热心,他的勤奋工作都使我永永不能忘记。

我在民国六年七年之间,曾在《新青年》上和钱玄同先生通讯讨论中国新旧的小说,在那些讨论里我们当然提到《孽海花》,但我曾很老实的批评《孽海花》的短处。十年后我见着曾孟朴先生,他从不曾向我辩护此书,也不曾因此减少他待我的好意。

他对我的好意,和他对于我的文学革命主张的热烈的同情,都曾使我十分感动,他给我的信里曾有这样的话:"您本是……国故田园里培养成熟的强苗,在根本上,环境上,看透了文学有改革的必要,独能不顾一切,在遗传的重重罗网里杀出一条血路来,终究得到了多数的同情,引起了青年的狂热。我不佩服你别的,我只佩服你当初这种勇决的精神,比着托尔斯泰弃爵放农身殉主义的精神,有何多让!"这样热烈的同情,从一位自称"时代消磨了色彩的老文人"坦白的表述出来,如何能不使我又感动又感谢呢!

我们知道他这样的热情一部分是因为他要鼓励一个年轻的后辈,大部分是因为他自己也曾发过"文学狂",也曾发下宏愿要把外国文学的重要作品翻译成中国文,也曾有过"扩大我们文学的旧领域"的雄心。正因为他自己是一个梦想改革中国文学的老文人,所以他对于我们一班少年人都抱着热烈的同情,存着绝大的期望。

我最感谢的一件事是我们的短短交谊居然引起了他写给我的那封六千字的自叙传的长信(《胡适文存三集》,页一一二五——一一三八)。在那信里,他叙述他自己从光绪乙未(1895)开始学法文,到戊戌(1898)认识了陈季同将军,方才知道西洋文学的源流派别和重要作家的杰作。后来他开办了小说林和宏文馆书店,——我那时候每次走过棋盘街,总感觉这个书店的双名有点奇怪,——他告诉我们,他的原意是要"先就小说上做成个有系统的译述,逐渐推广范围,所以店名定了两个"。他又告诉我们,他曾劝林琴南先生用白话翻译外国的"重要名作",但林先生听不懂他的劝告,他说:"我在畏卢先生(林纾)身上不能满足我的希望后,从此便不愿和人再谈文学了。"他对于我们的文学革命论十分同情,正是因为我们的主张是比较能够"满足他的希望"的。

但是他的冷眼观察使他对于那个开创时期的新文学"总觉得不十分满足",他说:"我们在这新辟的文艺之园里巡游了一周,敢说一句话:精致的作品是发现了,只缺少了伟大。"这真是他的老眼无花,一针见血!他指出中国新文艺所以缺乏伟大,不外两个原因:一是懒惰,一是欲速。因为懒惰,所以多数少年作家只肯做那些"用力少而成功易"的小品文和短篇小说。因为欲速,所以他们"一开手便轻蔑了翻译,全力提倡创作"。他很严厉的对我们说:"现在要完成新文学的事业,非力防这两样毛病不可,欲除这两样毛病,非注重翻译不可。"他自己创办真美善书店,用意只是要替中国新文艺补偏救弊,要替它医病,要我们少年人看看他老人家的榜样,不可轻蔑翻译事业,应该努力"把世界已造成的作品,做培养我们创造的源泉"。

我们今日追悼这一位中国新文坛的老先觉,不要忘了他留给我们的遗训!

一九三三·九·十一夜半,在上海新亚饭店。

(原载于1935年10月《宇宙风》第2期"纪念曾孟朴先生特刊"。)

海滨半日谈
——纪念田中玉将军

今天在《大公报》上看见"前山东督军兼省长田上将军韫山"的讣告,使我想起我和他的一段因缘,——一段很值得记载的因缘,所以我写这篇短文,供史家的参考。

二十四,十,十二夜。

民国十三年的夏天,丁在君夫妇在北戴河租了一所房子歇夏,他们邀我去住,我很高兴的去住了一个月。在君和我都不会游水,我们每天在海边浮水,带着救生圈子洗海水浴,看着别人游泳;从海水里出来,躺在沙地上歇息,歇了一会赤脚走回去洗淡水澡。

有一天,我们正在海水里洗澡,忽然傍边一个大胡子扶住一个大救生圈,站在水里和我招呼。我仔细一认,原来那个满腮大胡子的胖子就是从前做过山东督军兼省长的田中玉将军。我到山东三次,两次在他做督军的时期,想不到这回在海水里相逢!

我们站在水里谈了几句话,我介绍他和在君相见。他问了我们住的地方,他说:"好极了!尊寓就在我家的背后,今天下午我就过来拜访你们两位,我还有点事要请教。"

那天下午,他真来了,带了两副他自己写的对联来送给我们。那时候的武人都爱写大字送人,偏偏我和在君都是最不会写字的"文人",所以我们都忍不住暗笑。可是,他一开口深谈,我和在君都不能不感觉他的诚恳。我们都很静肃的听他谈下去。

他说:"我是这儿临榆县(山海关)的人。这几年来我自己在本地办了一个学堂,昨天学堂开学,我回去行开学礼。我对学生演讲,越讲越感慨起来了,我就对他们谈起我幼年到壮年的历史。我看那班学生未必懂得我说的话,未必能明白我的生平。我一肚子要说的话。说了又怕没人懂,心里好难过。隔了一天了,心里还和昨天一样,很想寻个懂得的人,对他说说我这肚子里憋着的一番话。今天在海边碰着两位先生,我心里快活极了,因为你们两位都是大学者,见多识广,必定能够懂我的话。要是两位先生不讨厌,我想请两位先生听听我这段历史。"

恰巧我和在君都是最喜欢看传记文学的;我们看田中玉先生那副神气,知道他真是有一肚子的话要说。并且知道他要说的话是真话,不会是编造出来的假话。我们都对他说我们极愿意听,请他讲下去。

田中玉先生说:

> 我是中国第一个军官学堂毕业出来的。我为什么去学陆军

呢？我不能学现在许多陆军老朋友开口就说"本人自束发受书以来，即慕拿破仑华盛顿之为人"。不瞒两位先生说，我当时去学陆军，也不是为救国，也不是因为要做一个大英雄，我为的是贪图讲武堂每人每月有三两四钱银子的膏火。我的父亲刚死了，我是长子，上有祖母和母亲，下有弟妹。我要养家，要那每月三两四钱银子来养活我一家，所以我考进了那个军官学堂。

进了学堂之后，我很用功，每回考的都好。学堂的规矩，考在前三名的有奖赏，第一名奖的最多；连着三次考第一的，还有特别加奖。我因为贪得奖金去养家，所以比别人格外用功。八次大考，我考了七次第一。我得的奖金最多，所以一家人很得我的帮忙，学堂里的老师也都夸我的功课好。

毕业时，我的成绩全学堂第一。老师都说："田中玉，你的功课太好了，我们总得给你找顶好的差使。"可是顶好的差使总不见来，眼看见考在我下首的同学一个个都派了事出去了。只有我没有门路。还在那儿候差使。

学堂里有一位德国老师，名叫萨尔，他最看重我，又知道我是穷人，要等着钱养活一家子，如今毕了业，没得奖金可拿了，他就叫我帮他改算学卷子，每月给我几十吊钱捎回去养家。

不多时，萨尔被袁世凯调到小站去做教练官了，他才把我荐去。我到了小站，自己禀明，不愿做营长，情愿先做队长，因为我要从底下做起，可以多懂得兵卒的情形。后来我慢慢的升上去，很得着上司的信任，袁世凯派我专管军械的事务。

这时候，我的恩师萨尔已不在袁世凯手下了。有三家德国军械公司连合起来，聘萨尔做代表，专做中国新军的军火买卖。

有一天，萨尔老师代表军械公司来看我，说："好极了，田中玉，你办军火，我卖军火，我们可以给你最便宜的价钱。"

我对我的恩师说："老师要做我这边的买卖，要依我一件事。我是直隶省临榆县人。国家练新军，直隶省负担最重，钱粮票上每一两银子附加到一块钱。我现在有机会给国家采办军火，我总想替国家省钱；替国家省一个钱，就是替我们直隶老百姓省一个钱。现在难得老师来做军火买卖，我盼望老师相信我这点意思。向来承办军火的官员都有经手钱，数目很不小。我要老师依我一件事：不但价钱要比谁家都便宜，还要请老师把我名下的经手费全都扣去。我不要一文钱的中饱，这笔经手费也得从价钱里再减去。老师要能依我的话，我一定专和老师代理的公司做买卖。"

萨尔答应回去商量。过了几天，他又来了，他说："田中玉，我商量过了。我们决定给你最低的价钱，比无论谁家都便宜。但是你的经手费不能扣，因为你田中玉能够做多少年的军械总办？万一你走了，别人接下去，他要经手费，我们当然得给他。给了他，那笔钱出在那儿呢？要加在价钱里，价钱就比我们给你的价钱贵了，他就干不下去了。要是不打在价钱里，我们就得贴钱了。所以这个例是开不得的。况且你是没有钱的人，这笔经手费是人人都照例拿的，你拿了不算是昧良心。"

我对我的老师说："不行。老师不依我，我只好向别家商人办军火去。"萨尔说，等他回去再商量看。

过了一天他又来了。他竖起大拇指，对我说："田中玉，我得着你这个学生，总算不枉了我在中国教了多少年书。我佩服你的爱国心，我回去商量过了：现在我们不但尊重你的意思。把你的经手钱扣去,我自己的经手费也不要了,也从价钱里扣去。所以我们现在给你的价钱是最低的价钱,再减去你我两个人的经手费。我要你的国家加倍得着你的爱国心的功效!"

我感激我的恩师极了,差不多掉下眼泪来。从此我们两个人做了多年的军火买卖。因为我买的军械的确最便宜,最省钱,所以我在北洋办军械最长久。我管军械采办的事,前后近□年,至少替国家省去了一千万元的经费。

这是田中玉将军在北戴河的西山对我们说的故事。我和丁在君静听他叙述,心里都很感动。我们相信他说的是一段真实的故事。这是他生平最得意的一段历史,他晚年回想起来,觉得这是值得向一班少年人叙说的,值得少年人纪念效法的。所以他前一天在他自己出钱办的田氏中学里,忍不住把这个故事说给那班青年学生听。他隔了一天,还不曾脱离那个追忆的心境,还觉得不曾说的痛快,还想寻一个两个有同情心的朋友再诉说一遍。他在那海上白浪里忽然瞧见了我,他虽然未必知道我的历史癖,更未必知道我的传记癖,他只觉得我是一个有同情心的人,至少能够了解他这段历史的意义。所以他抓住了我们不肯放,要我们做他的听众,听他眉飞色舞的演说他这一段最光荣的历史。

我们当时都说这个故事应该记下来。可惜我们后来都不曾记载。今年我的学生马逢瑞先生要到田氏中学去代课,我还请他留意,若有机会时,可以请田先生自己写一篇自传。我的口信不知道寄到了没有,他的自传也不知道写了没有。如今田先生已作了古人,我想了那个海边半日的谈话,不愿意埋没了这一个很美的故事,也不愿意辜负了他那天把这个故事托付给我的一点微意,所以从记忆里写出这篇短文来。

(写于 1935 年 10 月,原载于《独立评论》第 173 号。)

图书在版编目(CIP)数据

新生活:胡适散文/胡适著.—杭州:浙江文艺出版社,2015.1(2017.4 重印)
(名家散文典藏)
ISBN 978-7-5339-4086-7

Ⅰ.①新… Ⅱ.①胡… Ⅲ.①散文集—中国—现代 Ⅳ.①I266

中国版本图书馆 CIP 数据核字(2014)第 283917 号

策划统筹	邹 亮
责任编辑	邓东山 闵 韡
封面设计	王 芳
责任校对	陈 玲
责任印制	朱毅平

新生活
——胡适散文

胡适 著

出版	浙江文艺出版社
地址	杭州市体育场路 347 号 邮编 310006
网址	www.zjwycbs.cn
经销	浙江省新华书店集团有限公司
印刷	浙江新华数码印务有限公司
开本	880 毫米×1230 毫米 1/32
字数	189 千字
印张	8.5
插页	2
印数	10001-14000
版次	2015 年 1 月第 1 版 2017 年 4 月第 3 次印刷
书号	ISBN 978-7-5339-4086-7
定价	25.00 元

版权所有 违者必究

(如有印、装质量问题,请寄承印单位调换)